NEW TOPIK
新韓檢 初-中級
文法祕笈

全音檔下載導向頁面

https://globalv.com.tw/mp3-download-9789864543922

進入網頁並註冊登入後，按「全書音檔下載請按此」連結，可一次性下載音檔壓縮檔，或點選檔名線上播放。
全MP3一次下載為zip壓縮檔，部分智慧型手機需安裝解壓縮程式方可開啟，iOS系統請升級至iOS 13以上。
此為大型檔案，建議使用WIFI連線下載，以免占用流量，並請確認連線狀況，以利下載順暢。

前言

　　許多學習韓語的學生都說,他們覺得韓語表現的微妙差異很難。即使學到高級,很多時候還是搞不清楚什麼時候得說「-(으)니까」,什麼時候得說「-아서/어서」。

　　筆者教導外國學生的同時,常思考該怎麼教,學生的韓語才會更好。本書就包含了筆者的這份思考。

　　本書收錄更多的例句,以讓學生們能接觸到更多範例。學生們可以藉由例句,自行找出韓語表現上的特徵。靠自己找到何者不同,印象會更深。

　　這本書對欲探尋韓語表現上差異的外國學生來說,是一本有益的書。此外也對想便捷教導這些差異

點的老師將會有些微助益。

　　在此要向長時間以來對本書勞思費神的SOTONG出版社表達誠摯的謝意。也要跟仔細校對筆者原稿，不遺餘力給予建議的東國大學國際語學院主任教授Chwe, Suk-Jjin老師，還有人在波蘭的Park, Neul-bom老師再次致上感謝之意。雖然這本書或有它的不足之處，還是懇切期盼，能對學習韓語的各位讀者有所幫助。

金美淑

本書使用方式

● 對話
將目標文法經常被用到的情境寫成對話，讓學習者可以根據文章脈絡來推測文法意義。

● 意義
簡單說明文法的核心意義，讓學習者可以試著自己整理。

● 例句
提供相對多樣化的例句，幫助學習者理解。

● 注意事項
為讓學習者可自行思考使用目標文法表達時的「注意事項」，而以練習題的形式提示。

● **補充說明**

　　針對目標文法作補充說明或提供形態變化資訊，讓學習者可以更正確使用。

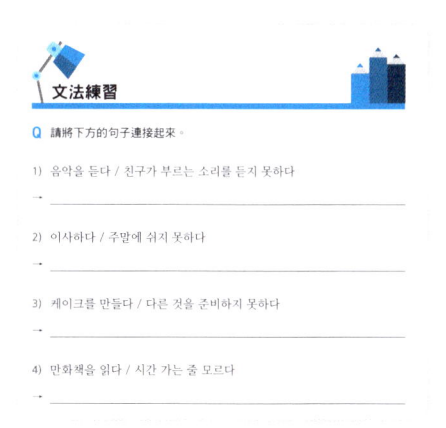

● **文法練習**

　　讓學習者親自練習目標文法，而可能熟悉與活用。

● **相似文法比較**

　　比較、說明意義相似或學習者常常混淆的文法。為了讓學習者可以輕鬆理解，將文法整理成表格形式。

I 意義相似的文法　　　　　　　　　　9

1 原因、理由　　10
- 動形-아/어/여서, 名이어서/여서　11
- 動形-(으)니까, 名(이)니까　16
- 動-느라고　21
- 動-는 바람에　25
- 動形-길래, 名(이)길래　29
- 動形-(으)므로, 名이므로　34
- 動-ㄴ/는 탓에, 形-(으)ㄴ 탓에, 名탓에　38
- 動-는 통에, 名통에　42
- 動形-거든요, 名(이)거든요　46
- 動形-잖아요, 名(이)잖아요　50

2 羅列各項事實　　54
- 動形-고, 名(이)고　55
- 動形-(으)ㄹ 뿐만 아니라　59
- 動-(으)ㄴ/는 데다가, 形-(으)ㄴ 데다가, 名인 데다가　64
- 動形-(으)며, 名(이)며　69
- 動形-(으)ㄹ 뿐더러, 名일뿐더러　73
- 動形-거니와, 名(이)거니와　77

3 目的或意圖　　81
- 動-(으)러　82
- 動-(으)려고　86
- 動-고자　91
- 動-기 위해, 名을/를 위해　95
- 動-도록　100

4 相反事實　　104
- 動形-지만, 名(이)지만　105
- 動-는 반면에, 形-(으)ㄴ 반면에, 名인 반면에　109
- 動形-(으)나, 名-이나　113

5 選擇　　117
- 動形-거나, 名(이)나　118
- 動形-든지, 名(이)든지　122

6 狀態或狀況持續　　127
- 動-고 있다　128
- 動-아/어/여 있다　132
- 動-아/어/여 놓다(두다)　137

Contents

| 動-아/어/여 오다(가다) | 142 |
| 動-(으)ㄴ 채로 | 146 |

7 事情的順序 150
動-고	151
動-자마자	156
動-는 대로	160
動-자	164
動-(으)면서	170

8 讓步 174
| 動形-아/어/여도, 名이어도/여도 | 175 |
| 動形-더라도, 名(이)더라도 | 179 |

9 條件或假設 184
動形-(으)면, 名(이)면	185
動-ㄴ/는다면, 形-다면, 名(이)라면	189
動形-거든	194
動形-았/었/였더라면, 名이었더라면/였더라면	199
動-기만 하면	203
動-다(가) 보면	207

| 動-다가는 | 211 |
| 動-는 한 | 215 |

10 使動 219
| 使動詞 | 220 |
| 動-게 하다 | 226 |

11 被動 230
| 被動詞 | 231 |
| 動-아/어/여지다 | 237 |

12 推測 241
動形-(으)ㄹ 것 같다	242
動-(으)ㄴ/는 모양이다, 形-(으)ㄴ 모양이다, 名인 모양이다	247
動-나 보다, 形-(으)ㄴ가 보다, 名인가 보다	251
形-아/어/여 보이다	256
動形-(으)ㄹ 테니까, 名일 테니까	260
動形-(으)ㄹ 텐데, 名일 텐데	264

13 結果   269

   動-아/어/여 버리다   270

   動-고 말다   274

II 形態相似的文法   279

1 形態相似的文法   280

動-다(가)   281

動-았/었/였다(가)   285

動-아/어/여다(가)   290

動-는데, 形-(으)ㄴ데, 名인데   295

動-는데도, 形-(으)ㄴ데도, 名인데도   299

動-는 길에   303

動-는 김에   307

動形-더니, 名(이)더니   311

動-았/었/였더니   315

動-던 名   320

動-았/었/였던 名   324

動-(으)ㄹ까 하다   329

動-(으)ㄹ까 말까 하다   333

2 助詞   337

名은/는, 名이/가   338

名만, 名밖에, 名도   340

名(이)나, 名(이)라도   342

名조차, 名마저   344

I

意義相似的文法

1 原因、理由	10	**8** 讓步	174
2 羅列各項事實	54	**9** 條件或假設	184
3 目的或意圖	81	**10** 使動	219
4 相反事實	104	**11** 被動	230
5 選擇	117	**12** 推測	241
6 狀態或狀況持續	127	**13** 結果	269
7 事情的順序	150		

1
原因、理由

01 動形-아/어/여서, 名이어서/여서 ★★★

02 動形-(으)니까, 名(이)니까 ★★★

03 動-느라고 ★★

04 動-는 바람에 ★★

05 動形-길래, 名(이)길래 ★★

06 動形-(으)므로, 名이므로 ★★

07 動-(으)ㄴ/는 탓에, 形-(으)ㄴ 탓에, 名탓에

08 動-는 통에, 名통에 ★

09 動形-거든요, 名(이)거든요 ★★

10 動形-잖아요, 名(이)잖아요 ★★

01 動形-아/어/여서
名이어서/여서

初級

선생님　나나 씨, 어제 학교에 왜 안 왔어요?

나　나　연락을 못 드려서 죄송합니다. 어제 몸이 안 좋아서 학교에 못 왔어요.

선생님　그래요? 많이 아팠어요?

나　나　네. 배가 많이 아파서 약을 먹고 집에서 잤어요.

意義

● 表理由、原因。

● 用於因為「-아／어서」前面的理由而產生後面結果的情況。

老師　　娜娜，妳昨天怎麼沒來學校？
娜娜　　沒能給您聯繫很是抱歉。我昨天身體不舒服，所以沒能來學校。
老師　　這樣啊？很不舒服嗎？
娜娜　　是的，我肚子很痛，吃了藥就在家裡睡覺了。

其他例句

숙제가 많아서 힘들어요.
因為作業多,所以很累。

밥을 많이 먹어서 배가 불러요.
因為吃太多飯,所以肚子很飽。

유라 씨는 책을 많이 읽어서 아는 것이 많아요.
幼蘿讀很多書,所以她懂的很多。

사정이 있어서 모임에 참석하지 못했어요.
我有事情,所以無法參加聚會。

이 가방은 신상품이어서 할인이 안 됩니다.
這個包包是新商品,所以無法打折。

도와주셔서 감사드립니다.
謝謝您的幫忙。

注意事項

Q 請看上方例句,試著思考使用這個表現時應該注意哪些地方。然後閱讀下列句子,並圈選正確答案。(解答參考P.15)

1) 「-아/어서」前面(可以/不可以)接動詞跟形容詞。

2) 「-아/어서」前面(可以/不可以)接表過去的「-았/었-」。

3) 「-아/어서」後面(可以/不可以)接「-(으)세요」、「-(으)ㅂ시다」。

4) 「-아/어서」後面(可以/不可以)接「미안해요」、「-고마워요」這些話。

補充

● 「-아/어서」用於說明原因，前面可以是形容詞或動詞。主要用於說明、告知聽者不知道的緣由

● 必須注意「-아/어서」的形態。

	-아/어서		-아/어서
가다	가서	많다	많아서
먹다	먹어서	바쁘다	바빠서
공부하다	공부해서	재미있다	재미있어서
듣다	들어서	어렵다	어려워서
짓다	지어서	멀다	멀어서
부르다	불러서	하얗다	하얘서
살다	살아서		

● 如果前面是名詞，使用「이어서、여서」或「(이) 라서」。
　例 세일 기간이어서 백화점에 사람이 많아요.
　　因為是折扣期間，百貨公司人很多。
　　그 사람은 가수여서 노래를 정말 잘해요.
　　那個人是歌手，歌真的唱得很好。

● 動形 -아/어서 가지고 (갖고)
　口語常以「-아/어 가지고 (= -아/어 갖고)」的形態表示。其意義、用法與「-아/어서」同。
　例 요즘 너무 바빠 가지고 영화를 보러 갈 시간이 없어요.
　　最近太忙了，所以沒時間去看電影。
　　어제 윤오 씨를 오랜만에 만나 가지고 같이 밥을 먹으러 갔어요.
　　昨天見到許久不見的允吾，就跟他一起去吃飯了。

● 하도 動形 -아/어서
　也可以在「-아/어서」前面加「하도」表示該理由的嚴重程度。

1. 原因、理由　13

例 요즘 하도 바빠서 밥을 먹을 시간이 없어요.
最近實在太忙了,沒有吃飯的時間。
그 영화가 하도 재미있어서 열 번이나 봤어요.
那部電影太有趣,我看了十次之多。

● 動「-아/어서」除了有說明理由的意義之外,也用以表示事情的順序(時間的先後關係)。用於表示「-아/어서」前事先做了之後,才做後事,此時前後的行動必須要有關聯性。

例 어제 친구를 만나서 같이 도서관에 갔다. (같은 사람하고)
昨天跟朋友見面,一起去了圖書館。(跟同一個人)
지난 주말에는 도서관에 가서 책을 빌렸다. (같은 장소에서)
上週末去圖書館借書。(相同場所)
어제 김밥을 만들어서 먹었다. (같은 목적어를)
昨天做紫菜飯捲吃。(相同受詞)
시청역 2번 출구로 나와서 쭉 가세요.
請從市廳站二號出口出來之後直走。

相似文法比較

	-아 / 어 / 여서	-아 / 어 / 여 가지고	하도 -아 / 어 / 여서
意義	原因、理由		
注意	可用於口語、文書。 例 숙제가 많아서 힘들어요. 作業多,很累。 숙제가 많아서 힘들다. 作業多,很累。	主要用於口語。 例 숙제가 많아 가지고 힘들어요. 作業多,很累。	用於嚴重的情況成為原因時。 例 숙제가 하도 많아서 놀 시간이 없어요. 作業實在太多了,所以沒有玩的時間。 ＊也可以說하도 -아 / 어 가지고。 例 목이 하도 말라 가지고 물을 네 컵이나 마셨어요. 喉嚨太渴了,所以水喝了四杯之多。

文法練習

Q 請從以下表現中找出正確選項，完成對話。

| 아까 이것저것 많이 먹다 | 갑자기 일이 생기다 |
| 너무 덥다 | 회사에서 집까지 너무 멀다 |

1) 가: 왜 머리를 잘랐어요?

   나: _____

2) 가: 왜 더 안 먹어요?

   나: _____

3) 가: 오늘 윤오 씨 생일 파티에 올 거지요?

   나: _____

4) 가: 왜 이사하려고 해요?

   나: _____

解答

★ 注意事項（P.12）
1) 可以　2) 不可以　3) 不可以　4) 可以

★ 文法練習（P.15）
1) 너무 더워서 잘랐어요.　　2) 아까 이것저것 먹어서 배가 불러요.
3) 갑자기 일이 생겨서 못 갈 것 같아요.
4) 회사에서 집까지 너무 멀어서 이사하려고요.

02 動形-(으)니까　名(이)니까

태오　이번 주말에 뭐 할 거예요?
유라　글쎄요. 아직 특별한 계획이 없어요.
태오　그래요? 그럼 날씨가 **좋으니까** 같이 등산하러 갈까요?
유라　네, 좋아요.
태오　산은 **위험하니까** 여러 가지 준비해야 해요.
　　　먼저 등산화를 신어야 해요. 그리고 편한 옷을 입으세요.
유라　그래요? 저는 등산화가 없어요.
태오　지금 백화점에서 **세일하니까** 등산화를 하나 사세요.
　　　나중에 또 등산 갈 때 **필요하니까요**.

意義

● 表理由、原因的表現。

● 用於因為「-(으)니까」前面的理由,而命令或提議後面的事情。

泰吾　你這個週末要幹嘛?
幼蘿　這個嘛,還沒有特別的計畫。
泰吾　這樣啊,那天氣好,要不要一起去爬山?
幼蘿　嗯,好啊。
泰吾　山上危險,得做各種準備。首先必須穿登山鞋,然後請穿舒適的衣服。
幼蘿　這樣啊?我沒有登山鞋。
泰吾　現在百貨公司在打折,去買雙登山鞋吧。以後如果又要去登山,也是須要的。

其他例句

모임에 윤오 씨도 오니까 같이 가는 게 어때요?
允吾也會來參加聚會，要不要一起去？

지하철이 버스보다 빠르니까 버스를 타고 갈까요?
地鐵比公車快，要不要搭公車去？

지금은 바쁘니까 이따가 전화할게요.
我現在在忙，待會打給你。

집에서 약속 장소까지 머니까 좀 일찍 출발하자.
家裡離約定場所很遠，我們早點出門吧。

시험도 끝났으니까 같이 놉시다.
考試也結束了，一起玩吧。

注意事項

Q 請看上方例句，思考使用這個表現時該注意哪些地方。然後閱讀下列句子，並圈選正確答案。（解答參考P.19）

1) 「-(으)니까」前面（可以／不可以）接動詞跟形容詞。

2) 「-(으)니까」前面（可以／不可以）接表過去的「-았/었-」。

3) 「-(으)니까」後面（可以／不可以）接「-(으)세요」、「-(으)ㅂ시다」。

補充

- 表理由時，雖然「-(으)니까」後面常接命令形如「-(으)세요」跟建議形如「-(으)ㅂ시다」，但也可以接其他形態。

  例 날씨가 추우니까 따뜻한 옷을 입어야 해요.
  天氣冷，必須穿保暖的衣服。
  오늘은 시간이 없으니까 내일 갈게요.
  今天沒有時間，我明天去。

- 必須注意「-(으)니까」的型態。

	-(으)니까		-(으)니까
가다	가니까	많다	많으니까
먹다	먹으니까	바쁘다	바쁘니까
공부하다	공부하니까	재미있다	재미있으니까
듣다	들으니까	어렵다	어려우니까
짓다	지으니까	멀다	머니까
부르다	부르니까	하얗다	하야니까
살다	사니까		

- 可用於聽者知道該理由，或表達話者的主觀想法。

  例 비가 오니까 더워요. (말하는 사람의 생각)
  下雨了，好熱。（話者的想法）

- 「-(으)니까」除了用來表理由，也有「發現」某項事實的意思。

  例 집에 가니까 소포가 와 있었다.
  回到家後發現包裹已到了。
  네가 말하니까 이제 알겠다.
  你講了我現在知道了。
  아침에 일어나니까 9시였어요.
  早上起床之後發現9點了。

文法練習

Q 請完成下列完成對話。

1) 가: 여의도까지 지하철을 타고 갈까요?

   나: _____

   (길을 잘 모르다/ 택시를 타다)

2) 가: 여보세요? 태미 씨, 지금 통화 괜찮아요?

   나: 미안해요. _____

   (지금 바쁘다 / 이따 전화하다)

3) 가: 우리 영화 보러 갈까요?

   나: 좋아요. 그런데 _____

   (내일 시험이 끝나다 / 내일 가다)

4) 가: 이번 주말에 백화점에 갈까요?

   나: _____

   (주말에는 백화점에 사람이 많다 / 평일에 가다)

解答

★ 注意事項（P.17）
1) 可以   2) 可以   3) 可以

★ 文法練習（P.19）
1) 길을 잘 모르니까 택시를 타고 갑시다.
2) 지금 바쁘니까 이따 전화할게요.　　3) 내일 시험이 끝나니까 내일 갑시다.
4) 주말에는 백화점에 사람이 많으니까 평일에 가는 게 어때요?

相似文法比較

	-아 / 어서	-(으) 니까
意義	理由、原因 說明並告知聽者不知道的理由。 例 가 : 어제 왜 학교에 안 왔어요? 你昨天怎麼沒來學校？ 나 : 배가 아파서 학교에 못 갔어요. 我肚子痛，所以沒能上學。	理由、原因 聽者已知該理由。 例 가 : 비가 오니까 좀 더운 것같아요. 下雨了，好像有點熱。 나 : 맞아요. 是啊。
注意	動詞／形容詞-아 / 어서 例 읽어서, 좋아해서, 예뻐서, 좋아서 -았/었어서 (X) 例 갔어서, 좋아했어서 (X) 어제 늦게 잤어서 늦게 일어났어요. (X) -아/어서 + -(으)세요 / -(으)ㅂ시다 (X) 例 바빠서 나중에 오세요. (X) 더워서 에어컨을 켭시다. (X) -아/어서 + 감사합니다 / 죄송합니다 (O) 例 도와주셔서 감사합니다. 謝謝您幫我。 늦어서 죄송합니다. 對不起，我遲到了。	動詞／形容詞-(으) 니까 例 읽으니까, 좋아하니까, 예쁘니까, 좋으니까 -았/었으니까 (O) 例 갔으니까, 좋아했으니까 (O) -(으)니까 + -(으)세요 / -(으)ㅂ시다 (O) 例 바쁘니까 나중에 오세요. (O) 我很忙，請晚點再來。 더우니까 에어컨을 켭시다. (O) 很熱，開冷氣吧。 -(으)니까 + 감사합니다 / 죄송합니다 (X) 例 도와주시니까 감사합니다. (X) 늦었으니까 죄송합니다. (X)

03 動-느라고　中級

유라　태오 씨, 전화를 왜 이렇게 안 받아요?
태오　전화했어요? 텔레비전을 보느라고 전화 소리를 못 들었어요.
유라　그랬군요. 전화를 안 받아서 걱정했어요.
태오　미안해요. 그런데 무슨 일이에요?
유라　어제 모임에 왜 안 왔는지 궁금해서요.
태오　숙제가 너무 많아서 숙제하느라고 못 갔어요.
　　　요즘 아르바이트도 시작했는데요. 공부도 하고 아르바이트도 하느라고 너무 바빠요.
유라　힘들겠네요. 그럼 다음에 만나요.

意義

● 表理由、原因。

● 用於表達因為「-느라고」前面的事,所以無法做後面的事。

● 可用來辯解或找藉口。

幼蘿　泰吾,你怎麼都不接電話?
泰吾　你有打給我嗎?我在看電視,沒聽到電話響。
幼蘿　原來是這樣,你沒接電話,害我擔心了一下。
泰吾　對不起,不過怎麼了嗎?
幼蘿　我想知道你昨天怎麼沒來聚會。
泰吾　作業太多了,我為了做作業去不了。我最近也開始打工,半工半讀的太忙了。
幼蘿　一定很累,那下次見。

1. 原因、理由　21

其他例句

전화를 받느라 친구가 부르는 소리를 듣지 못했다.
為了接電話，沒能聽到朋友叫我的聲音。

은행에 갔다가 오느라 수업 시간에 늦었어요.
去了一趟銀行，所以上課遲到了。

친구와 노느라고 시간 가는 줄 몰랐어요.
因為跟朋友玩，都不曉得時間過了。

시험 준비 하느라고 밤을 새워서 지금 너무 졸려요.
為了準備考試熬夜，現在非常睏。

발표를 준비하느라고 바빠서 밥도 못 먹었네요.
忙著準備發表，連飯都沒能吃。

❗ 注意事項

Q 請看上方例句，思考使用這個表現時該注意哪些地方。然後閱讀下列句子，並圈選正確答案。（解答參考P.24）

1) 「-느라고」前面（可以／不可以）接形容詞。
2) 「--느라고」前面（可以／不可以）接「안」、「못」。
3) 「-느라고」前後（可以／不可以）接不同主語。
4) 「-느라고」前面（可以／不可以）接表過去的「-았／었-」或表未來的「-겠」。
5) 「-느라고」後面（可以／不可以）接「-(으)세요」、「-(으)ㅂ시다」。
6) 「-느라고」（可以／不可以）縮寫為「-느라」。

補充

- 表理由的「-느라고」前後大多必須是 同時間 完成的事情。用於因為在做前面的事，所以無法做後面的事。主要用於口語。

- 「-느라고」前後是 相同主語 會比較自然。

- 「-느라고」的形態變化如下：

	-느라고
가다	가느라고
먹다	먹느라고
듣다	듣느라고
부르다	부르느라고
놀다	노느라고
살다	사느라고

- 「-느라고」前面主要接 須要時間或意志力的動詞，所以不與「감기에 걸리다, 잊어버리다, 잃어버리다, 늦게 일어나다, 잠에서 깨다, 죽다, 결혼하다, 졸업하다」等動詞一起使用。

  例 감기에 걸리느라고 학교에 못 왔어요 (X)
  　　　　(→ 걸려서)

  　지갑을 잃어버리느라고 늦었어요. (X)
  　　　　　(→ 잃어버려서)

文法練習

Q 請將下方的句子連接起來。

1) 음악을 듣다 / 친구가 부르는 소리를 듣지 못하다

   → _____

2) 이사하다 / 주말에 쉬지 못하다

   → _____

3) 케이크를 만들다 / 다른 것을 준비하지 못하다

   → _____

4) 만화책을 읽다 / 시간 가는 줄 모르다

   → _____

解答

★ 注意事項（P.22）
1) 不可以　2) 不可以　3) 不可以　4) 不可以　5) 不可以　6) 可以

★ 文法練習（P.24）
1) 음악을 듣느라고 친구가 부르는 소리를 듣지 못했다.
2) 이사하느라고 주말에 쉬지 못했다.
3) 케이크를 만드느라고 다른 것을 준비하지 못했다.
4) 만화책을 읽느라고 시간 가는 줄 몰랐다.

04 動 -는 바람에

中級

부장님　마이클 씨, 왜 늦었어요? 회의가 9시인데 30분이나 늦었네요.

마이클　죄송합니다. 갑자기 사고가 **나는 바람에** 늦었습니다.

부장님　그래요? 어디 다친 곳은 없어요?

마이클　네, 제가 탄 차가 아니라 앞에 차가 사고가 난 거였습니다.

부장님　다행이군요. 그런데 신입 사원 태오 씨는 왜 안 오는 것인가요?

마이클　태오 씨는 지하철을 잘못 **타는 바람에** 반대쪽으로 갔다고 합니다. 곧 도착할 거라고 합니다.

意義

● 表理由、原因。

● 用於因「-는 바람에」前面的事而發生「-는 바람에」後面的事。

部長　麥克，你為什麼遲到？會議九點開始，你遲到了三十分鐘。
麥克　對不起，我路上遇到事故，所以來晚了。
部長　這樣啊？沒有受傷吧？
麥克　沒有，不是我搭的那輛車，是我前面的車發生交通事故。
部長　真是萬幸。不過，新員工泰吾怎麼沒來？
麥克　泰吾說他地鐵搭錯方向，馬上就到。

其他例句

친구가 갑자기 화를 내는 바람에 모임의 분위기가 이상해졌다.
朋友突然發脾氣，聚會氣氛變得很彆扭。

지갑을 잃어버리는 바람에 연락을 못 했어요.
我錢包掉了，所以沒能聯繫您。

뒷사람이 갑자기 미는 바람에 넘어질 뻔했다.
後面的人突然推了我，我差點跌倒。

배탈이 나는 바람에 학교에 못 갔어요.
因為拉肚子，所以無法上學。

유라 씨가 출발시간보다 늦게 오는 바람에 전체 일정이 늦어졌다.
幼蘿來得比預計出發時間還晚，所以整個行程都延誤了。

注意事項

Q 請看上方例句，思考使用這個表現時該注意哪些地方。然後閱讀下列句子，並圈選正確答案。（解答參考P.28）

1) 「-는 바람에」前面（可以／不可以）接形容詞。
2) 「-는 바람에」前後（可以／不可以）接不同主語。
3) 「-는 바람에」前面（可以／不可以）接表過去的「-았／었-」或表未來的「-겠」。
4) 「-는 바람에」後面（可以／不可以）接「-(으)세요」、「-(으)ㅂ시다」。
5) 「-는 바람에」後面大多接（過去時制／未來時制）。

補充

- 「-는 바람에」主要用於口語,「-는 바람에」的前面主要為 突然發生的情況、計畫之外的情況、非話者所願的情況 等。

- 「-는 바람에」通常會因為「-는 바람에」前面的情況造成「-는 바람에」後面 不好的(負面的)結果,用於發生跟話者意圖相悖的結果。

  例 친구가 갑자기 선물을 주는 바람에 기분이 좋았어요. (?)

- 須注意「-는 바람에」的形態變化。

	는 바람에		는 바람에
가다	가는 바람에	부르다	부르는 바람에
먹다	먹는 바람에	놀다	노는 바람에
듣다	듣는 바람에		

- 即使是過去的情形,也使用「-는 바람에」的形態。

相似文法比較

	-느라고	-는 바람에
意義	理由、原因(藉口、辯解)	理由、原因(突然發生的事/負面結果)
注意	動詞＋-느라고 例 보느라고, 먹느라고, 　노느라고 (O) 　바쁘느라고, 슬프느라고 (X)	動詞＋-는 바람에 例 오는 바람에, 하는 바람에, 　노는 바람에 (O) 　바쁘는 바람에, 슬프는 바람에 (X)
	-었/았느라고, -겠느라고 (X)	-었/았는 바람에 / -겠는 바람에 (X)
	-느라고 ＋ -(으)세요 　　　　-(으)ㅂ시다 (X)	-는 바람에 ＋ -(으)세요 　　　　-(으)ㅂ시다 (X)
	主語1＋-느라고＋主語1 例 (내가) 노느라고 (내가) 시험 　준비를 못했다. 　(我)因為顧著玩,所以(我) 　沒準備考試。	主語1＋-는 바람에＋主語1/2 例 친구가 화를 내는 바람에 　분위기가 이상해졌다. 　因為朋友發脾氣,氣氛變得很彆扭。

1. 原因、理由　27

文法練習

Q 請將下方的句子連接起來。

1) 일이 갑자기 생기다 / 모임에 늦다

   → _____

2) 부장님께서 늦게 오시다 / 회의가 늦어지다

   → _____

3) 바람이 불다 / 모자가 벗겨지다

   → _____

4) 친구가 갑자기 말을 걸다 / 선생님 말씀을 듣지 못하다

   → _____

解答

★ 注意事項（P.26）
1) 不可以　　2) 可以　　3) 不可以　　4) 不可以　　5) 過去時制

★ 文法練習（P.28）
1) 일이 갑자기 생기는 바람에 모임에 늦었어요.
2) 부장님께서 늦게 오시는 바람에 회의가 늦어졌다.
3) 바람이 부는 바람에 모자가 벗겨졌어요.
4) 친구가 갑자기 말을 거는 바람에 선생님 말씀을 듣지 못했어요.

05 動形-길래 名(이)길래

태오 유라 씨, 이 사과 좀 드세요.
유라 웬 사과예요?
태오 마트에 갔는데 맛있어 **보이길래** 사 왔어요.
유라 고마워요. 잘 먹을게요.
태오 그런데 유라 씨, 신발이 예쁘네요. 샀어요?
유라 네. 백화점에서 싸게 **팔길래** 하나 샀어요. 예쁘죠?

意義

- 表理由、原因。
- 主要用於因為「-길래」前面的內容而做出「-길래」後面的行動。

泰吾 幼蘿,請吃這顆蘋果。
幼蘿 天上掉下來的蘋果呢?
泰吾 我去超市,看起來很好吃,就買了。
幼蘿 謝謝你,我會好好享用。
泰吾 不過,幼蘿,你的鞋子真漂亮,你買了啊?
幼蘿 是啊,因為百貨公司賣得很便宜,就買了一雙。漂亮吧?

1. 原因、理由　29

其他例句

날씨가 좋길래 산책하러 나왔어요.
因為天氣好,所以出來散步。

아침에 비가 안 오길래 우산을 챙겨 오지 않았어요.
因為早上沒下雨,所以沒帶雨傘。

어머니께서 불고기를 만드시길래 옆에서 도와 드렸어요.
因為母親在烤肉,所以在旁邊幫忙。

윤오가 혼자 축구를 하고 있길래 내가 같이 하자고 했어요.
因為允吾自己在踢足球,所以我跟他說我們一起玩。

유라가 청소하기 힘들다고 하길래 제가 한다고 했어요.
因為幼蘿說打掃很累,所以我說我來做。

⚠ 注意事項

Q 請看上方例句,思考使用這個表現時該注意哪些地方。然後閱讀下列句子,並圈選正確答案。(解答參考P.32)

1)「-길래」前面(可以/不可以)接形容詞。
2)「-길래」前後(可以/不可以)接不同主語。
3)「-길래」後面(可以/不可以)接「-(으)세요」、「-(으)ㅂ시다」。
4)「-길래」後面大多(可以/不可以)未來時制。

補充

- 用於表示因「-길래」前面的情況而發生某事情時,「-길래」的**後面通常接「我」做的事情**。所以「-길래」後面不接未來時制。

- 「-길래」常用於口語,當話者跟聽者關係要好時經常使用。

- 「-길래」的形態變化如下:

	-길래		-길래
가다	가길래	많다	많길래
먹다	먹길래	바쁘다	바쁘길래
공부하다	공부하길래	재미있다	재미있길래
듣다	듣길래	어렵다	어렵길래
짓다	짓길래	멀다	멀길래
부르다	부르길래	하얗다	하얗길래
놀다	놀길래		

- 「-길래」後面如果接「說明狀態如何」時,意義無法連貫。
  例 윤오가 축구하길래 바빴다. (?)

- 「-길래」常與「-다고 하다」一起使用。
  例 유라 씨가 주말에 공원에 가자고 하길래 좋다고 했어요.
  幼蘿說周末一起去公園,我跟她說好。
  언니가 아프다고 하길래 약을 사다 주었어요.
  因為姐姐說不舒服,所以我買藥給她。

1. 原因、理由 31

文法練習

Q 請完成以下對話。

1) 가: 우산은 왜 가지고 왔어요?

   나: _____

   (날씨가 흐려지다 / 우산을 가져오다)

2) 가: 아이스크림이네요.

   나: 네, _____

   (유라가 먹고 싶다고 하다 / 사 오다)

3) 가: 사과를 왜 이렇게 많이 샀어요?

   나: _____

   (사과 값이 싸다 / 많이 사다)

4) 가: 저 사람은 누구예요?

   나: 모르는 사람이에요. _____

   (백화점이 어디에 있느냐고 묻다 / 알려 주다)

★ 注意事項（P.30）

1) 可以　　2) 可以　　3) 不可以　　4) 不可以

★ 文法練習（P.32）

1) 날씨가 흐려지길래 우산을 가지고 왔어요.
2) 유라가 먹고 싶다고 하길래 사 왔어요.
3) 사과 값이 너무 싸길래 많이 샀어요.
4) 백화점이 어디에 있느냐고 묻길래 알려 주었어요.

相似文法比較

	-아/어서	-길래
意義	理由、原因 1. 前後主語可相同，也可不同。 例 사과가 맛있어서 2개 먹었어요. 蘋果很好吃，所以吃了兩顆。 너무 피곤해서 잤어요. 因為太累，所以睡著了。	理由、原因 1. 理由、原因 + -길래 + 我要做的事→前後主語必須不同。 例 비가 오길래 우산을 챙겨 왔어요. 因為下雨，所以帶了雨傘。 2. 常用於口語。
注意	動詞、形容詞 + -아 / 어 例 읽어서, 좋아해서, 예뻐서, 좋아서	動詞、形容詞 + -길래 例 읽길래, 좋아하길래, 예쁘길래, 좋길래
	-았/었어서 (X) 例 갔어서, 좋아했어서 (X) 어제 늦게 잤어서 늦게 일어났어요. (X)	-았/었길래 (O) 例 갔길래, 좋아했길래 (O)
	-아/어서 + -(으)세요 -(으)ㅂ시다 (X) 例 바빠서 나중에 오세요. (X) 더워서 에어컨을 켭시다. (X)	-길래 + -(으)세요 -(으)ㅂ시다 (X) 例 바쁘길래 나중에 오세요. (X) 덥길래 에어컨을 켭시다. (X)

06　動形-(으)므로　名이므로

中級

수 료 증

이름: 권윤오

위 사람은 10주간의 한국 문화 과정을 마쳤으므로 이 수료증을 수여합니다.

20**년 8월 11일
한국 사랑 대학교

- 안 내 -

공사 중 바닥이 미끄러우므로 주의하시기 바랍니다.

意義

- 表理由、原因。
- 「-(으)므로」前面的內容是後面內容的根據。

- 結業證書／姓名：權允吾／因上述人士完成10周韓國文化課程，特頒發此結業證書。／20**年8月11日／韓國關愛大學
- – 公告 –／請注意，施工中地板滑

其他例句

술과 담배는 몸에 해로우므로 줄이는 것이 좋겠습니다.
菸酒有害身體，最好可以減少使用。

밤에 라면을 많이 먹으면 얼굴이 부으므로 먹지 않는 것이 좋다.
如果夜晚吃很多泡麵，臉會水腫，最好不要吃。

언어는 문화의 중요한 표현 수단이 되므로 그 언어가 사용되는 문화를 학습해야 한다.
語言是表達文化的重要手段，因此必須學習該語言所使用的文化。

환경오염 문제가 점점 심각해지고 있으므로 이를 해결하기 위한 대책이 마련되어야 한다.
由於環境污染問題日漸嚴峻，解決這項問題的對應方策必須準備好。

극장에서 큰 소리로 떠드는 것은 다른 사람에게 피해를 주므로 삼가시기 바랍니다.
在劇場大聲喧嘩會造成他人困擾，敬盼各位觀眾自我克制。

❗ 注意事項

Q 請看上方例句，思考使用這個表現時該注意哪些地方。然後閱讀下列句子，並圈選正確答案。（解答參考P.37）

1) 「-（으）므로」前面（可以／不可以）接動詞跟形容詞。

2) 「-（으）므로」前面（可以／不可以）接表過去的「-았／었-」。

補充

- 「-(으)므로」主要用於談論事件的原因和其造成的結果,「-(으)므로」前面的內容也有可能會是「-(으)므로」後面內容的根據。當「-(으)므로」作為「根據」的意義使用時,常與「-아/어야 하다」、「-기 바라다」、「-는 것이 좋다」等一起使用。

- 本文法經常用於寫作,也可用於發表或面試等正式場合的口語表達中。

- 請務必留意「-(으)므로」的形態。

	-(으)므로		-(으)므로
가다	가므로	많다	많으므로
먹다	먹으므로	바쁘다	바쁘므로
공부하다	공부하므로	재미있다	재미있으므로
듣다	들으므로	어렵다	어려우므로
짓다	지으므로	멀다	멀므로
부르다	부르므로	하얗다	하야므로

- 「-(으)므로」也使用「-았/었으므로」、「-겠으므로」的形態。

    例 지난주에 비가 많이 내렸으므로 주의하시기 바랍니다.
    由於上週下很多雨,請小心安全。
    다음 주에 비가 많이 내리겠으므로 대비하는 것이 좋겠습니다.
    下個星期會下很多雨,最好可以先做準備。

- 名詞後面接「이므로」。

    例 이번 과제는 팀별 과제이므로 같이 잘 준비하기 바랍니다.
    這次的作業是小組作業,希望大家可以一起準備。
    이곳은 공사 중이므로 들어가실 수 없습니다.
    這個地方正在施工,不可進入。

文法練習

Q 請將下方的句子連接起來。

1) 눈이 와서 길이 미끄럽다 / 조심하다

→ _____

2) 내일은 공휴일이다 / 수업이 없다

→ _____

3) 바람이 많이 불다 / 피해가 없게 주의하다

→ _____

4) 이번 대회에서 우수한 성적을 거두었다 / 이 상장을 수여하다

→ _____

解答

★ 注意事項（P.35）
1) 可以　2) 可以

★ 文法練習（P.37）
1) 눈이 와서 길이 미끄러우므로 조심하기 바랍니다.
2) 내일은 공휴일이므로 수업이 없습니다.
3) 바람이 많이 불므로 피해가 없게 주의해야 한다.
4) 이번 대회에서 우수한 성적을 거두었으므로 이 상장을 수여합니다.

07 動(으)ㄴ/는 탓에, 形-(으)ㄴ 탓에, 名 탓에

高級

유라 요즘 감기가 크게 유행하는 탓에 사람들이 집에서 나오지 않는 대요. 감기 탓에 장사가 안 돼서 문을 닫은 가게도 많다고 들었어요.

태오 맞아요. 게다가 가뭄이 심한 탓에 과일이나 채소 가격도 많이 올랐대요.

유라 걱정이네요. 사람들이 소비하지 않으려고 해서 시장 상인들도 걱정이 많을 것 같아요.

意義

- 表理由、原因。
- 用於當「-(으)ㄴ 탓에」前面的事情導致「-(으)ㄴ 탓에」後面的事情發生時，後面常接否定表現。

幼蘿 聽說最近因為感冒大流行，大家都待在家裡不出門。據說很多店家因為感冒的關係生意不好，紛紛關門大吉。

泰吾 是啊，而且聽說因為乾旱很嚴重，水果、蔬菜的價格也上漲很多。

幼蘿 真擔心，大家都不想消費，市場商人應該也很煩惱。

其他例句

요즘 날씨가 밤에도 더운 탓에 잠을 못 잤어요.
最近就連夜晚天氣也很熱，都沒辦法睡覺。

태오 씨는 그 일에 대한 경험이 전혀 없는 탓에 긴장을 많이 해서 실수도 많이 한다.
因為泰吾完全沒有那項工作的經驗，所以他很緊張，犯了很多錯。

가수 강유라 씨는 무리한 스케줄 탓에 결국 병원에 입원하고 말았다.
歌手姜幼蘿因為緊湊的行程最終住院了。

저는 내성적인 성격 탓에 친구가 별로 없어요.
因為我個性內向，所以沒有什麼朋友。

注意事項

Q 請看上方例句，思考使用這個表現時該注意哪些地方。然後閱讀下列句子，並圈選正確答案。（解答參考P.41）

1) 「-(으)ㄴ/는 탓에」後面大多（會／不會）接未來時制。

2) 「-(으)ㄴ/는 탓에」前後（可以／不可以）接不同主語。

3) 「-(으)ㄴ/는 탓에」後面（可以／不可以）接「-(으)세요」、「-(으)ㅂ시다」。

補充

- 「탓」是一個帶有「發生負面事件原因」之意的名詞,所以用於「因為 -(으)ㄴ 탓에前面的情況,導致了後面不好的(負面的)結果。」

- 請務必留意「-(으)ㄴ 탓에」的形態。

	-(으)ㄴ 탓에		-(으)ㄴ 탓에	-는 탓에
바쁘다	바쁜 탓에	싸우다	싸운 탓에	싸우는 탓에
어렵다	어려운 탓에	먹다	먹은 탓에	먹는 탓에
힘들다	힘든 탓에	자다	잔 탓에	자는 탓에
가난하다	가난한 탓에	살다	산 탓에	사는 탓에

- 也常用作「名詞 + 탓에」的形態。

  例 작은 실수 탓에 회사에 손해를 입혔다.
  因為一個小失誤,讓公司遭受損失。
  스트레스 탓에 잠을 못 자는 사람이 늘고 있다고 한다.
  據說因為壓力的關係而失眠的人在增加中。

文法練習

Q 請將下方的句子連接起來。

1) 너무 바쁘다 / 동아리 활동을 자주 못 하다

→ _____

2) 늦잠을 잤다 / 도시락을 챙기지 못하다

→ _____

3) 그 일에 익숙하지 않다 / 실수를 많이 하다

→ _____

4) 작은 실수 / 그 일을 망쳐 버리다

→ _____

★ 注意事項（P.39）
1) 不會　2) 可以　3) 不可以

★ 文法練習（P.41）
1) 너무 바쁜 탓에 동아리 활동을 자주 못 한다.
2) 늦잠을 잔 탓에 도시락을 챙기지 못했다.
3) 그 일에 익숙하지 않은 탓에 실수를 많이 한다.
4) 작은 실수 탓에 그 일을 망쳐 버렸다.

1. 原因、理由　41

08 動-는 통에 / 名 통에 高級

태오 유라 씨, 왜 이렇게 피곤해 보여요? 잠을 못 잤어요?

유라 네. 어제 옆집에서 시끄럽게 **떠드는 통에** 잠을 못 잤어요.

태오 그래요?

유라 어제 새벽에 옆집 부부가 싸웠나 봐요. 무언가 깨지는 소리도 들리고요.

태오 그랬군요. 그럼 오늘은 빨리 가서 쉬세요.

유라 네. 집에 가서 좀 자야겠어요.

意義

● 表理由、原因。

泰吾　幼蘿，你看起來怎麼這麼累？沒睡好嗎？
幼蘿　是啊，昨天隔壁鄰居吵死了，沒辦法睡。
泰吾　是喔？
幼蘿　昨天凌晨隔壁夫妻好像在吵架，我還聽到有東西摔破的聲音。
泰吾　原來如此，那你今天快點回家休息吧。
幼蘿　好，我得回家補個眠。

其他例句

옆집 아이가 밤새도록 우는 통에 한숨도 못 잤어요.
因為隔壁的孩子整晚都在哭，所以我一刻都沒辦法睡。

우리 할아버지는 전쟁 통에 헤어진 동생을 찾고 계신다.
我爺爺在尋找因為戰爭分離的弟弟。

철민 씨와 준호 씨가 계속 싸우는 통에 즐거웠던 분위기가 나빠졌다.
哲民跟俊昊一直吵架，本來愉快的氣氛都搞砸了。

아이들이 여기저기 뛰어다니는 통에 정신이 없어서 우리는 대화를 할 수 없을 정도였다.
孩子們四處亂跑吵得頭昏腦脹的，吵到我們沒有辦法講話。

❗ 注意事項

Q 請看上方例句，思考使用這個表現時該注意哪些地方。然後閱讀下列句子，並圈選正確答案。（解答參考P.45）

1) 「-는 통에」前後（可以／不可以）接不同主語。

2) 「-는 통에」後面（可以／不可以）接「-(으)세요」、「-(으)ㅂ시다」。

3) 「-는 통에」後面（可以／不可以）接未來時制或現在時制。

補充

- 「통」有「發生某事的環境」之意，主要用於「狀況很嚴重」或是「非一般情形」的時候。因此「-는 통에」後面主要接不好的情況。

- 形態變化如下。

	-는 통에
싸우다	싸우는 통에
먹다	먹는 통에
자다	자는 통에
살다	사는 통에

- 如果「통」前面接名詞，常會跟「전쟁」、「난리」、「장마」等名詞一起使用。

   例 우리 할아버지는 전쟁 통에 헤어진 동생을 찾고 싶어 하신다.
   我爺爺想要尋找因為戰爭分離的弟弟。

文法練習

Q 請將下方的句子連接起來。

1) 난리 / 가족과 헤어지다

→ _____

2) 옆에 앉은 사람이 계속 돌아다니다 / 공부에 집중할 수 없다

→ _____

3) 과장님과 부장님이 의견 차이로 싸우다 / 회의가 안 되다

→ _____

★ 注意事項（P.43）
1) 可以 2) 不可以 3) 不可以

★ 文法練習（P.45）
1) 난리 통에 가족과 헤어졌다.
2) 옆에 앉은 사람이 계속 돌아다니는 통에 공부에 집중할 수 없었다.
3) 과장님과 부장님이 의견 차이로 싸우는 통에 회의가 안 되었다.

09　動 形 -거든요
　　名 (이)거든요

中級

유라　왜 이렇게 피곤해 보여요?

윤오　어제 잠을 잘 못 **잤거든요**.

유라　왜요? 무슨 걱정 있어요?

윤오　아니요. 요즘 과제가 **많거든요**. 그래서 과제 하느라 잠을 잘 못 자요.

유라　그렇군요. 힘들겠어요.

意義

● 用於話者說明聽者不知道的原因時。

幼蘿　　你看起來怎麼這麼累?
泰吾　　我昨晚沒睡好。
幼蘿　　怎麼了?在擔心什麼事情嗎?
泰吾　　沒有,昨天作業有點多,為了寫作業,所以沒好好睡。
幼蘿　　原來是這樣,你一定很辛苦。

46　Ⅰ 意義相似的句型

其他例句

그 사람 진짜 노래 잘하지요? 우리 반 가수거든요.
那個人真的唱得很好吧?那是我們班的歌手。

제가 그 식당을 찾아봤거든요. 그런데 값이 비싼 것 같아요.
我找到了那間餐廳,可是價格好像有點貴。

오늘은 학교에 일찍 갈 거예요. 발표 준비를 해야 하거든요.
我今天要早點去學校,我得準備發表。

지하철을 타려고 해요. 퇴근 시간이라서 길이 많이 막히거든요.
我想搭地鐵,因為下班時間路上很塞。

왜 밥을 안 먹느냐고요? 아까 빵을 먹었거든요. 그래서 배가 안 고파요.
你問我為什麼不吃飯嗎?我剛剛吃了麵包,所以肚子不餓。

⚠ 注意事項

Q 請看上方例句,思考使用這個表現時該注意哪些地方。然後閱讀下列句子,並圈選正確答案。(解答參考P.49)

1) 「-거든요」用於一個句子的(中間/句尾)。

2) 「-거든요」(可以/不可以)跟「-(으)세요」、「-(으)ㅂ시다」一起使用。

3) 「-거든요」前面(可以/不可以)接表過去的「-았/었-」。

補充

● 「-거든요」作為語尾使用,用來說明關於某件事情的原因或理由。

● 主要常用於說明聽者不知道的原因,常用於關係親近者之間。

● 形態變化如下。

	-거든요		-거든요
가다	가거든요	많다	많거든요
먹다	먹거든요	바쁘다	바쁘거든요
공부하다	공부하거든요	재미있다	재미있거든요
듣다	듣거든요	어렵다	어렵거든요
짓다	짓거든요	멀다	멀거든요
부르다	부르거든요	하얗다	하얗거든요
놀다	놀거든요		

● 也可以用在對話的一開始。此時話者一邊說明自己想講的話,然後後面接續其他的話題。

例 어제 명동에 갔거든요. 그런데 거기에 가수 나나 씨가 왔어요.
我昨天去了明洞,不過歌手娜娜也去了那裡。
어제 드라마를 봤거든요. 그런데 남자 주인공이 너무 멋있었어요.
我昨天看了電視劇,然而男主角實在太帥了。

文法練習

Q 請完成以下對話。

1) 가: 왜 밥을 안 먹어요?

　 나: _____

　　　　　　　　　　　　　　　　　(조금 전에 간식을 먹다)

2) 가: 왜 숙제를 안 했어요?

　 나: _____

　　　　　　　　　　　　　　　　　(고향에서 친구가 오다)

3) 가: 윤오 씨 생일 파티에 왜 안 왔어요?

　 나: _____

　　　　　　　　　　　　　　　　　(갑자기 일이 생기다)

4) 가: 왜 백화점에 가요?

　 나: _____

　　　　　　　　　　　　　　　　　(요즘 세일 기간이다)

解答

★ 注意事項（P.47）
1) 句尾　2) 不可以　3) 可以

★ 文法練習（P.49）
1) 조금 전에 간식을 먹었거든요.　　2) 고향에서 친구가 왔거든요.
3) 갑자기 일이 생겼거든요.　　　　4) 요즘 세일 기간이거든요.

10 動形-잖아요 / 名(이)잖아요

태오 유라 씨, 출근 안 해요?

유라 태오 씨, 잊어버렸어요? 오늘 회사 **창립기념일이잖아요**.

태오 아, 그러네요. 제가 깜빡했어요.

유라 그런데 어디 가려고요?

태오 오늘 면접이 있다고 **말했잖아요**. 그래서 나가려고요.

유라 아, 오늘이 면접날이군요. 힘내세요!

意義

● 是用於確認、告知對方某件事情時。

泰吾　幼蘿，你今天不上班嗎？
幼蘿　泰吾，你忘了嗎？今天是我們公司的創立紀念日。
泰吾　啊，對耶。我都忘了。
幼蘿　不過你要去哪裡？
泰吾　我不是跟你說今天有面試嗎，所以我要出門。
幼蘿　啊，今天是面試的日子啊，加油！

其他例句

이 옷은 인터넷에서 사세요. 인터넷이 더 싸잖아요.
這件衣服請在網路上購買吧,網購更便宜呀。

KTX를 타고 갑시다. 버스보다 더 빠르잖아요.
我們搭KTX去吧,KTX不是比巴士快嗎。

퇴근 시간에는 항상 길이 막히잖아요.
下班時間路上總是塞車的。

내일부터 학교에 안 가요. 방학이잖아요.
明天開始不用去學校了,放假了啊。

이번 금요일부터 같이 테니스를 치기로 했잖아요.
我們不是說好這周五開始一起打網球的嗎。

注意事項

Q 請看上方例句,思考使用這個表現時該注意哪些地方。然後閱讀下列句子,並圈選正確答案。(解答參考P.53)

1) 「-잖아요」用於一個句子的（中間／句尾）。

2) 「-잖아요」前面（可以／不可以）接表過去的「-았／었-」。

補充

● 「-잖아요」使用於句子終結,用於對某件事或某個情況,向也知道該事情的聽者確認。或告知對方不太記得的事情,有提醒之感覺。

● 也可以用在針對「聽者已知的事情」說明原因。主要用在口語,寫作時不用。

● 用在關係親近者之間。

● 形態變化如下。

	-잖아요		-잖아요
가다	가잖아요	많다	많잖아요
먹다	먹잖아요	바쁘다	바쁘잖아요
공부하다	공부하잖아요	재미있다	재미있잖아요
듣다	듣잖아요	어렵다	어렵잖아요
짓다	짓잖아요	멀다	멀잖아요
부르다	부르잖아요	하얗다	하얗잖아요
놀다	놀잖아요		

相似文法比較

	-거든요	-잖아요
意義	說明聽者不知道的原因	確認聽者已知的內容

注意	〔動詞〕〔形容詞〕-거든요
	例 읽거든요, 좋아했거든요,
	  예쁘거든요, 좋았거든요
		〔動詞〕〔形容詞〕-잖아요
		例 읽잖아요, 좋아했잖아요,
		  예쁘잖아요, 좋았잖아요

	主要用於關係親近者之間的對話。 不用於寫作。	

文法練習

Q 請完成以下對話。

1) 가: 회의는 언제 해요?

　　나: _____

　　　　　　　　　　　　　　　　　　(오후에 하기로 하다)

2) 가: 집에 안 가요?

　　나: _____

　　　　　　　　　　　　　　　　　　(오늘 약속이 있다)

3) 가: 우산 안 가지고 왔어요?

　　나: 네. _____

　　　　　　　　　　　　　　　　　　(아침에는 비가 안 오다)

4) 가: 오늘 사람이 왜 이렇게 많지요?

　　나: _____

　　　　　　　　　　　　　　　　　　(크리스마스다)

★ 注意事項（P.51）
1) 句尾　2) 可以

★ 文法練習（P.53）
1) 오후에 하기로 했잖아요.　　2) 오늘 약속이 있잖아요.
3) 아침에는 비가 안 왔잖아요.　4) 크리스마스잖아요.

1. 原因、理由　53

2

羅列各項事實

01 動形-고, 名(이)고 ★★★

02 動形-(으)ㄹ 뿐만 아니라 ★★

03 動-(으)ㄴ/는 데다가, 形-(으)ㄴ 데다가, 名인 데다가 ★★

04 動形-(으)며, 名(이)며 ★★

05 動形-(으)ㄹ뿐더러, 名일뿐더러 ★

06 動形-거니와, 名(이)거니와 ★

01 動形-고 / 名(이)고

初級 11.mp3

케빈　한국어는 어렵고 복잡해요.

나나　조금 어렵지만 재미있지 않아요? 저는 매일 배우는 것이 정말 재미있어요.

케빈　네. 저도 재미있어요. 특히 한국어 수업은 재미있고 즐거워요. 친구들도 좋고 선생님도 친절해요.

나나　맞아요. 앞으로 계속 열심히 공부해요.

意義

● 用於羅列各種事項。

凱文　韓語好難,而且好複雜。

娜娜　雖然有點難,可是你不覺得很有趣嗎?我覺得每天學習真的很有趣。

凱文　是,我也覺得很有趣。尤其韓語課又好玩又開心。朋友們人都很好,老師也很親切。

娜娜　沒錯,我以後要繼續努力念書。

其他例句

유라 씨는 예쁘고 성격도 좋아요.
幼蘿很漂亮,個性也很好。

그 식당 음식은 맛없고 값도 비싸요.
那間餐廳餐點不好吃,價格也很貴。

오늘은 바람이 많이 불고 비도 온다.
今天風颳得很大,還下雨。

이번 모임에 윤오 씨도 가고 나나 씨도 간다.
這次聚會允吾會去,娜娜也會去。

모임에서 친구들은 술을 마셨고 저는 밥만 먹었어요.
朋友們在聚會上喝酒,我只吃飯。

注意事項

Q 請看上方例句,思考使用這個表現時該注意哪些地方。然後閱讀下列句子,並圈選正確答案。(解答參考P.58)

1)「-고」前面(可以／不可以)接動詞跟形容詞。

2)「-고」前面(可以／不可以)接表過去的「-았／었-」。

補充

● 「-고」可以用於羅列多項事物，也可用來表示時間的結束。（表時間的-고請參考P.151）

● 「-고」的形態變化如下。

	-고		-고
가다	가고	많다	많고
먹다	먹고	바쁘다	바쁘고
공부하다	공부하고	재미있다	재미있고
듣다	듣고	어렵다	어렵고
짓다	짓고	멀다	멀고
부르다	부르고	하얗다	하얗고

● 如果前面是名詞，使用「(이) 고」形態。

例 내 동생은 가수고 형은 운동선수예요.
我的弟弟是歌手，哥哥是運動選手。
이거는 제 책이고 그거는 나나 씨 책이에요.
這本是我的書，那本是娜娜的書。

文法練習

Q 請連接並完成句子。

1) 그 영화는 무섭다 / 잔인하다

→ _____

2) 이 노래는 가사도 쉽다 / 재미있다

→ _____

3) 명동은 사람이 많다 / 복잡하다

→ _____

4) 윤오 씨는 노래를 부르다 / 유라 씨는 춤을 추다

→ _____

解答

★ 注意事項（P.56）
1) 可以　2) 可以

★ 文法練習（P.58）
1) 그 영화는 무섭고 잔인하다.
2) 이 노래는 가사도 쉽고 재미있어요.
3) 명동은 사람이 많고 복잡해요.
4) 윤오 씨는 노래를 부르고 유라 씨는 춤을 췄어요.

02 動形-(으)ㄹ 뿐만 아니라

12.mp3　中級

태오　유라 씨도 이 가수 좋아해요? 요즘 이 가수가 인기가 많아요.

유라　네, 맞아요. 노래를 잘할 뿐만 아니라 춤도 잘 춰서 사람들이 아주 좋아해요.

태오　네. 그리고 이야기를 들었는데 이 사람은 성격이 좋을 뿐만 아니라 운동도 잘한대요.

유라　인기가 많은 것은 당연하네요.

意義

● 用於羅列兩個以上的事物。

泰吾　幼蘿，你也喜歡這個歌手嗎？最近這個歌手人氣很旺。

幼蘿　是的，沒錯。他不僅唱歌唱得好，跳舞也跳得好，所以大家都很喜歡他。

泰吾　對，而且我聽說這個人不只個性很好，還很擅長運動。

幼蘿　他會這麼紅也是理所當然的事。

2. 羅列各項事實　59

其他例句

유라 씨는 귀여울 뿐만 아니라 성격도 좋다.
幼蘿不僅可愛,個性也很好。

여름에는 날씨가 더울 뿐만 아니라 비도 많이 온다.
夏天不只天氣熱,也常常下雨。

윤오 씨는 공부를 잘할 뿐만 아니라 운동도 잘해서 인기가 많다.
允吾不僅功課好,也很擅長運動,所以很受歡迎。

이 카페에서는 차를 마실 수 있을 뿐만 아니라 책도 볼 수 있어요.
這家咖啡廳不只可以喝茶,還可以看書。

학생뿐만 아니라 선생님들도 축제에 참가했다.
不只學生,老師們也參加了慶典。

❗ 注意事項

Q 請看上方例句,思考使用這個表現時該注意哪些地方。然後閱讀下列句子,並圈選正確答案。(解答參考P.62)

1) 「-(으)ㄹ 뿐만 아니라」前面(可以/不可以)接動詞跟形容詞。

2) 「-(으)ㄹ 뿐만 아니라」前後(可以/不可以)接不同主語。

3) 「-(으)ㄹ 뿐만 아니라」前面(可以/不可以)接表未來的「-겠」。

補充

● 「-(으)ㄹ 뿐만 아니라」用來表示不只前面的事物，還包含了後面的事物。

● 如果前面是正面內容，後面也要接正面的內容；如果前面是負面內容，則後面也要接負面內容。

● 「-(으)ㄹ 뿐만 아니라」的形態變化如下。

	-(으)ㄹ 뿐만 아니라		-(으)ㄹ 뿐만 아니라
가다	갈 뿐만 아니라	많다	많을 뿐만 아니라
먹다	먹을 뿐만 아니라	바쁘다	바쁠 뿐만 아니라
공부하다	공부할 뿐만 아니라	재미있다	재미있을 뿐만 아니라
듣다	들을 뿐만 아니라	어렵다	어려울 뿐만 아니라
짓다	지을 뿐만 아니라	멀다	멀 뿐만 아니라
부르다	부를 뿐만 아니라	하얗다	하얄 뿐만 아니라
살다	살 뿐만 아니라		

● 也結合助詞，使用「에서뿐만 아니라」、「에뿐만 아니라」的形態。
   例 윤오 씨는 학교에서뿐만 아니라 집에서도 열심히 공부한다.
   允吾不只在學校，在家裡也用功讀書。

● 跟名詞結合的形態有兩種，不過兩者意義上有差異。
   1) 名詞＋뿐만 아니라
   例 거기에는 옷뿐만 아니라 모자나 액세서리까지 판다.
   那邊不只賣衣服，還有賣帽子跟飾品。
   그 영화에는 영화배우뿐만 아니라 인기 가수도 출연했다.
   那部電影不只電影演員，還有人氣歌手也參與演出。

2) 名詞＋일 뿐만 아니라

例 미쉘은 가수일 뿐만 아니라 영화배우여서 다양한 영화에 출연하고 있다.(미쉘=가수=영화배우)
蜜雪兒不僅是歌手，還是電影演員，參與各種電影的演出。（蜜雪兒＝歌手＝電影演員）

● 談論過去的情況時，使用「－았/었을 뿐만 아니라」的形態。
例 날씨가 추웠을 뿐만 아니라 눈도 와서 아주 힘들었다.
不僅天氣冷，還下雪，所以非常辛苦。

文法練習

Q 請連接並完成句子。

1) 지하철은 빠르다 / 편리하다

→ _____

2) 윤오 씨는 잘생겼다 / 성격도 아주 좋다

→ _____

3) 미쉘 씨는 한국어를 잘하다 / 중국어와 일본어도 잘하다

→ _____

4) 이 컴퓨터 프로그램으로 음악을 들을 수 있다 / 영상도 볼 수 있다

→ _____

解答

★ 注意事項（P.60）
1) 可以   2) 可以   3) 不可以

★ 文法練習（P.63）
1) 지하철은 빠를 뿐만 아니라 편리해요.
2) 윤오 씨는 잘생겼을 뿐만 아니라 성격도 아주 좋아요.
3) 미쉘 씨는 한국어를 잘할 뿐만 아니라 중국어와 일본어도 잘한다.
4) 이 컴퓨터 프로그램으로 음악을 들을 수 있을 뿐만 아니라 영상도 볼 수 可以.

03 動 -(으)ㄴ/는 데다가
形 -(으)ㄴ 데다가
名 인 데다가

中級

유라 어제 모임에 왜 안 왔어요? 친구들이 많이 기다렸어요.

태오 미안해요. 어제 늦잠을 **잔 데다가** 휴대 전화도 고장이 나서 연락을 못했어요.

유라 괜찮아요. 일도 하고 공부도 하고…. 힘들지요?

태오 네. 요즘 일도 **많은 데다가** 과제까지 많아서 너무 바쁘네요. 이번 주만 지나면 바쁜 일은 끝나니까 쉴 수 있을 것 같아요.

유라 그래요. 많이 피곤해 보여요. 좀 쉬세요.

태오 네, 고마워요.

意義

● 用來羅列某項事實。

幼蘿 你昨天怎麼沒來聚會?朋友們等了你好久。

泰吾 對不起,我昨天睡過頭,然後手機又壞了,所以沒辦法跟你們聯絡。

幼蘿 沒關係,你又要工作又要念書……很累吧?

泰吾 是,最近工作很多,再加上作業也很多,所以非常忙。只要這周過去,忙碌的事情就都結束了,應該可以休息了。

幼蘿 這樣啊,你看起來很累,好好休息吧。

泰吾 好,謝謝。

其他例句

태오 씨는 운동을 **잘하는 데다가** 공부도 잘해요.
泰吾擅長運動,功課又很好。

감기에 **걸린 데다가** 일도 많아서 정말 힘들어요.
我感冒然後工作又很多,真的很累。

그 식당은 값이 **싼 데다가** 종업원이 친절해서 자주 가요.
那家餐廳價格便宜,服務生又很親切,所以我常常光顧。

윤오 씨는 책을 많이 **읽는 데다가** 신문도 많이 봐서 아는 것이 많아요.
允吾讀很多書,又看很多報紙,因此他懂的很多。

그 영화는 내용이 **재미있는 데다가** 배우들이 연기를 잘해서 인기가 많아요.
那部電影內容很有趣,而且演員的演技很好,所以很受歡迎。

오늘 아침에 밥을 **먹은 데다가** 조금 전에 간식도 먹어서 지금 배가 불러요.
我今天早上吃飯,又在不久前吃了零食,所以現在肚子很飽。

⚠ 注意事項

Q 請看上方例句,思考使用這個表現時該注意哪些地方。然後閱讀下列句子,並圈選正確答案。(解答參考P.68)

1) 此文法前面(可以/不可以)接動詞跟形容詞。
2) 用動詞過去時制表達時,用作(-(으)ㄴ 데다가/-았/었는 데다가)。

補充

- 表示在前面的動作、狀態上添加後面的動作、狀態。有「前面的內容不用說,甚至還添加」的意思。

- 可以用來表示在前面的狀態上加上別的狀態,而其程度更加深化。因此,前面的內容跟後面的內容必須要有連貫性。

- 形態變化如下。

	-는 데다가		-(으)ㄴ 데다가
가다	가는 데다가	많다	많은 데다가
먹다	먹는 데다가	바쁘다	바쁜 데다가
공부하다	공부하는 데다가	재미있다	재미있는 데다가
듣다	듣는 데다가	어렵다	어려운 데다가
짓다	짓는 데다가	멀다	먼 데다가
부르다	부르는 데다가	하얗다	하얀 데다가
살다	사는 데다가		

- 「-ㄴ/는 데다가」可以與「-(으)ㄹ 뿐만 아니라」替換使用。

相似文法比較

	-(으)ㄹ 뿐만 아니라	-(으)ㄴ/는 데다가
意義	羅列（追加）	羅列（追加）
注意	〔動詞〕-(으)ㄹ 뿐만 아니라 例 볼 뿐만 아니라, 　　먹을 뿐만 아니라 〔形容詞〕-(으)ㄹ 뿐만 아니라 例 바쁠 뿐만 아니라, 　　힘들 뿐만 아니라	〔動詞〕-는 데다가 例 오는 데다가, 먹는 데다가 〔動詞〕過去時制：-ㄴ 데다가 例 간 데다가, 읽은 데다가 〔形容詞〕過去時制：-ㄴ 데다가 例 바쁜 데다가, 어려운 데다가
	-았/었을 뿐만 아니라 例 먹었을 뿐만 아니라, 　　좋았을 뿐만 아니라	-았/었는 데다가 (X)
	因為意思相近，所以大部分都可以替換使用。	

2. 羅列各項事實　67

文法練習

Q 請連接並完成句子。

1) 제 방은 좁다 / 창문도 작아서 답답하다

   → _____

2) 내 친구는 성격도 좋다 / 얼굴도 예쁘다

   → _____

3) 윤오 씨는 매일 운동을 하다 / 등산도 자주 해서 건강하다

   → _____

4) 눈이 왔다 / 기온도 많이 내려가서 아주 춥다

   → _____

··· 解答

★ 注意事項（P.65）
1) 可以　2) -(으)ㄴ 데다가

★ 文法練習（P.68）
1) 제 방은 좁은 데다가 창문도 작아서 답답해요.
2) 내 친구는 성격도 좋은 데다가 얼굴도 예쁘다.
3) 윤오 씨는 매일 운동을 하는 데다가 등산도 자주 해서 건강해요.
4) 눈이 온 데다가 기온도 많이 내려가서 아주 추워요.

04 動 形 -(으)며 / 名 (이)며　　中級

　　최근 한 설문조사에 의하면 외국인들의 한국에 대한 인식은 매우 긍정적인 것으로 나타났으며 많은 외국인들이 한국에 와 보고 싶어 하는 것으로 나타났다.
　　또한 한국의 대표 이미지는 한식이라는 응답이 가장 많았으며 케이팝(K-POP), 한국 문화, 케이뷰티(K-Beauty) 등이 그 뒤를 이었다.

意義

● 用於羅列兩個以上的動作、狀態或事實。

● 根據最近一份問卷調查顯示，外國人對韓國的認識非常正面，有很多外國人都表示想要訪問韓國。此外，最多人回答韓國的代表形象是韓國料理，其次是K-POP、韓國文化、韓國美妝等。

其他例句

내 친구는 착하고 성실하며 성격이 좋다.
我的朋友善良、忠厚老實、個性很好。

이곳은 한국어를 공부하는 학생들도 많이 모이며 다양한 행사도 많이 한다.
這個地方有很多學習韓語的學生在這裡聚集,也常舉辦各式各樣的活動。

오늘 아침 서울에는 비가 오겠으며 오후부터 추워지겠습니다.
今天早上首爾會下雨,下午開始變冷。

내일도 바람이 많이 불겠으며 추운 날씨가 계속되겠습니다.
明天也會颳大的風,寒冷的天氣將會持續。

이번 마라톤 대회에는 참가자의 수도 많았으며 참가자들의 연령대도 다양했다.
這次馬拉松比賽參賽人數既多,參賽者的年齡層也很廣泛。

注意事項

Q 請看上方例句,思考使用這個表現時該注意哪些地方。然後閱讀下列句子,並圈選正確答案。(解答參考P.72)

1)「-(으)며」前面(可以/不可以)接形容詞。

2)「-(으)며」前面(可以/不可以)接表過去的「-았/었-」或表未來的「-겠」。

補充

● 「-(으)며」表示羅列兩個以上的動作、狀態、事實,主要使用「-고-(으)며」的形態。

● 「-(으)며」的形態變化如下。

	-(으)며		-(으)며
가다	가며	많다	많으며
먹다	먹으며	바쁘다	바쁘며
공부하다	공부하며	재미있다	재미있으며
듣다	들으며	어렵다	어려우며
짓다	지으며	멀다	멀며
부르다	부르며	하얗다	하야며

● 名詞後面接「(이)며」。

例 우리 형은 내게 친구이며 인생의 선배였다.
我哥哥是我的朋友,也是人生的前輩。
그 사람은 인기가 많은 가수이며 연기력도 인정받은 배우이다.
那個人是很紅的歌手,也是一位演技得到認定的演員。

● 「-(으)며」接在動詞後面,與「-(으)면서」一樣表示同時動作。這個意義的「-(으)며」前面不接表過去的「-았/었」。

例 유라는 항상 웃으며 일한다.
幼蘿總是邊笑口常開邊工作。
우리는 음악을 들으며 일을 했다.
我們邊聽音樂邊工作。

2. 羅列各項事實 71

文法練習

Q 請連接並完成句子。

1) 오늘은 눈도 많이 오다 + 바람도 불다

→ _____

2) 누구나 행복하게 살기 바라다 + 즐겁게 지내기 원하다

→ _____

3) 한국 드라마를 보는 사람이 증가했다 + 한국 문화에 관심이 있는 사람도 늘다

→ _____

4) 이곳은 사람들에게 인기가 많은 장소이다 + 영화 촬영지로도 유명하다

→ _____

解答

★ 注意事項（P.70）
1) 可以   2) 可以

★ 文法練習（P.72）
1) 오늘은 눈도 많이 오며 바람도 분다.
2) 누구나 행복하게 살기 바라며 즐겁게 지내기 원한다.
3) 한국 드라마를 보는 사람이 증가했으며 한국 문화에 관심이 있는 사람도 늘었다.
4) 이곳은 사람들에게 인기가 많은 장소이며 영화 촬영지로도 유명하다.

05 動形-(으)ㄹ뿐더러
名일뿐더러

15.mp3

高級

date. 20**년 1월 26일

한국에 온 지 6개월이 되었다.

한국의 여름은 비도 많이 올뿐더러 습도도 높다.

그리고 서울은 물가가 비쌀뿐더러 교통도 복잡한 것 같다.

한국의 날씨와 서울의 상황에 적응하기 힘들지만 그래도 재미있다.

새로운 친구도 많이 만났고, 여러 가지 경험도 해 보아서 즐겁다.

남은 유학생활도 즐겁게 생활하고 싶다.

意義

● 用來表示除了某個事實之外，還有別的事實。

● 日期　20**年1月26日／我來韓國至今6個月了。韓國的夏天不僅下很多雨，濕度也很高。而且首爾的物價昂貴，交通感覺也很擁擠。雖然很難適應韓國的天氣及首爾的狀況，但還是很有趣。我交了很多新朋友，嘗試了各種體驗，過得很開心。希望我可以愉快度過剩餘的留學生活。

其他例句

나나 씨는 집도 **없을뿐더러** 돈도 없다.
娜娜不只沒有房子，也沒有錢。

이 책은 내용도 **어려울뿐더러** 양도 많아서 읽기 싫다.
這本書不僅內容艱難，量也很多，讀起來有點煩。

유라 씨는 일도 **잘할뿐더러** 성격도 좋은 것 같다.
幼蘿似乎工作能力佳，個性也很好。

윤오 씨는 책을 많이 **읽을뿐더러** 새로운 경험을 하는 것을 좋아해서 아는 것이 많다.
允吾不僅看很多書，也很喜歡體驗新事物，因此他懂的很多。

어제는 비도 많이 **왔을뿐더러** 기온도 내려가서 매우 추웠다.
昨天不僅下很多雨，氣溫也下降，非常冷。

注意事項

Q 請看上方例句，思考使用這個表現時該注意哪些地方。然後閱讀下列句子，並圈選正確答案。（解答參考P.76）

1) 「-(으)ㄹ뿐더러」前面（可以／不可以）接動詞跟形容詞。

2) 「-(으)ㄹ뿐더러」前面（可以／不可以）接表過去的「-았/었-」。

3) 「-(으)ㄹ뿐더러」前面（可以／不可以）接名詞。

> **補充**

- 表示「除了前述狀況之外，還有後面這個狀況」之意，也就是「-(으)ㄹ 뿐만 아니라」的意思。可以跟「-(으)ㄹ 뿐만 아니라」替換使用。

- 「-(으)ㄹ 뿐더러」常用於表示後面的狀況更嚴重，或是程度更厲害。如果前面的內容是正面的，後面的內容就要接正面的；如果前面的內容是負面的，後面就要接負面內容，必須保持一致。

- 「-(으)ㄹ 뿐더러」的前面必須如下表這樣接動詞或形容詞。

	-(으)ㄹ 뿐더러		-(으)ㄹ 뿐더러
가다	갈뿐더러	많다	많을뿐더러
먹다	먹을뿐더러	바쁘다	바쁠뿐더러
공부하다	공부할뿐더러	재미있다	재미있을뿐더러
듣다	들을뿐더러	어렵다	어려울뿐더러
짓다	지을뿐더러	멀다	멀뿐더러
부르다	부를뿐더러	하얗다	하얄뿐더러
살다	살뿐더러		

- 與「-거니와」相似，可以替換使用。

    例 이 옷은 따뜻할뿐더러 부드러워서 입을 때 느낌이 참 좋다.
    這件衣服不僅暖和，而且還很柔軟，穿起來感覺真好。

文法練習

Q 請連接並完成句子。

1) 그 꽃은 향기도 좋다 / 예쁘다

→ _____

2) 나나 씨는 말도 별로 없다 / 표정도 별로 없다

→ _____

3) 윤오 씨는 공부도 잘하다 / 운동도 잘하다

→ _____

4) 그 사람의 얼굴을 모르다 / 이름도 처음 듣다

→ _____

解答

★ 注意事項（P.74）
1) 可以　2) 可以　3) 不可以

★ 文法練習（P.76）
1) 그 꽃은 향기도 좋을뿐더러 예쁘다.
2) 나나 씨는 말도 별로 없을뿐더러 표정도 별로 不可以.
3) 윤오 씨는 공부도 잘할뿐더러 운동도 잘해요.
4) 그 사람의 얼굴을 모를뿐더러 이름도 처음 들어요. .

06 動形-거니와 / 名(이)거니와

高級

date. 20**년 2월 6일

오늘 아침에 늦잠을 잤다. 회사에 지각을 했다.

아침은 물론이거니와 점심도 못 먹고 일을 해야 했다.

너무 바쁘고 피곤해서 빨리 퇴근하고 싶었지만 일이 안 끝나서

늦게까지 일을 했다.

친구를 만나기로 했는데 바빠서 친구를 만나러 못 갔거니와

밤 10시가 넘어서 집에 왔다.

너무 피곤하거니와 배도 고파서 밥을 먹고 바로 잤다.

意義

- 用來羅列某些事實。

- 日期 20**年2月6日／今天早上睡過頭，上班遲到。不只早餐沒吃，中餐也沒辦法吃，必須趕工作。雖然很忙、很累想快點下班，但工作沒做完，忙到很晚。本來要跟朋友見面，可是太忙了，別說跟朋友見面，我下班回到家都已經超過晚上十點。實在太累，肚子也很餓，吃完飯就馬上睡了。

2. 羅列各項事實　77

其他例句

오늘은 비도 오거니와 바람도 많이 분다.
今天不只下雨,風也很大。

윤오는 노래도 잘 부르거니와 춤도 잘 춘다.
允吾不僅歌唱得好,舞也跳得好。

이번 시험은 문제도 어렵거니와 문제 수도 많아서 힘들었다.
這次考試的題目很難,而且題數很多,真的很吃力。

유라와 나나는 집도 가깝거니와 성격도 잘 맞아서 항상 같이 다닌다.
幼蘿家跟娜娜家很近,兩人的個性也很合得來,常常同進同出。

우리 아버지께서는 어렸을 때 춤도 잘 췄거니와 노래도 잘 불렀다고 이야기하신다.
我父親說他小時候跳舞跳得很好,而且歌也唱得很好。

注意事項

Q 請看上方例句,思考使用這個表現時該注意哪些地方。然後閱讀下列句子,並圈選正確答案。(解答參考P.80)

1) 「-거니와」前面(可以/不可以)接動詞跟形容詞。

2) 「-거니와」前面(可以/不可以)接表過去的「-았/었-」。

3) 「-거니와」後面(經常/幾乎不)接「-(으)세요」、「-(으)ㅂ시다」。

補充

- 「-거니와」用於表示承認前面的事實,後面接續相關的其他事實,稍有古語風。

- 「-거니와」給人一種表示於前內容後添加後續內容的感覺。其前後內容必須一貫。

- 「-거니와」的形態變化如下。

	-거니와		-거니와
가다	가거니와	많다	많거니와
먹다	먹거니와	바쁘다	바쁘거니와
듣다	듣거니와	어렵다	어렵거니와
짓다	짓거니와	멀다	멀거니와
부르다	부르거니와	하얗다	하얗거니와
공부하다	공부하거니와	재미있다	재미있거니와
살다	살거니와		

文法練習

Q 請連接並完成句子。

1) 날씨도 춥다 / 눈도 오다

   → _____

2) 윤오는 일을 잘하다 / 잘생겨서 인기가 많다

   → _____

3) 미쉘은 종교 때문에 돼지고기를 못 먹다 / 소고기도 못 먹다

   → _____

4) 그곳은 경치가 아름답다 / 위치도 좋아서 사람들이 많이 간다

   → _____

解答

★ 注意事項（P.78）
1) 可以　2) 可以　3) 幾乎不

★ 文法練習（P.80）
1) 날씨도 춥거니와 눈도 온다.
2) 윤오는 일을 잘하거니와 잘생겨서 인기가 많다.
3) 미쉘은 종교 때문에 돼지고기를 못 먹거니와 소고기도 못 먹는다.
4) 그곳은 경치가 아름답거니와 위치도 좋아서 사람들이 많이 간다.

3

目的或意圖

01 動-(으)러 ★★★

02 動-(으)려고 ★★★

03 動-고자 ★★

04 動-기 위해, 名을/를 위해 ★★

05 動-도록 ★★

01 動-(으)러

초級

태오　나나 씨, 어디에 가요?

나나　책을 **빌리러** 도서관에 가요.

태오　저도 우유를 **사러** 편의점에 가는데 같이 갈래요?

나나　좋아요.

태오　아, 그리고 오늘 저녁에 친구들하고 같이 밥을 먹을 거예요. 나나 씨도 밥 먹으러 오세요.

나나　오늘 저녁요? 미안해요. 저는 **아르바이트하러** 가야 돼요.

意義

- 「-(으)러」是一個表目的的文法，表示為了做前面這件事情去做的動作，或來做的動作。

泰吾　娜娜，你要去哪？
娜娜　我要去圖書館借書。
泰吾　我也要去便利商店買牛奶，一起走吧？
娜娜　好啊。
泰吾　啊，我今天晚上要跟朋友一起吃飯，妳也一起來吧。
娜娜　今天晚上嗎？抱歉，我得去打工。

其他例句

한국어를 배우러 한국에 왔어요.
我來韓國學韓語。

아침에 배가 고파서 빵을 사러 빵집에 갔어요.
早上肚子餓，去麵包店買了麵包。

옷을 바꾸러 옷가게에 다시 갔어요.
為了換衣服再次去了服飾店。

밥 먹으러 식당에 갑시다.
我們去餐廳吃飯吧。

차 한 잔 하러 우리 집에 오세요.
請來我家喝杯茶吧。

⚠ 注意事項

Q 請看上方例句，思考使用這個表現時該注意哪些地方。然後閱讀下列句子，並圈選正確答案。（解答參考P.85）

1) 「-（으）러」前面（可以／不可以）接形容詞。

2) 「-（으）러」前面（可以／不可以）接表過去的「-았/었-」或表未來的「-겠」。

3) 「-（으）러」後面（可以／不可以）接「-（으）세요」、「-（으）ㅂ시다」。

補充

- 「-(으)러」用來表目的,常搭配「가다」、「오다」等移動動詞一起使用。而且也經常與表場所、地點的名詞一起使用。

    例 친구를 만나러 커피숍에 갔어요.
    我要跟朋友見面而去了咖啡廳。

- 「-(으)러」的形態變化如下。

	-(으)러
사다	사러
먹다	먹으러
공부하다	공부하러
듣다	들으러
짓다	지으러
부르다	부르러
놀다	놀러

文法練習

Q 請參照範例完成以下對話。

보기

가 : 어제 뭐 했어요?
나 : <u>책을 빌리러 도서관에 갔어요.</u> (책을 빌리다 / 도서관에 가다)

1) 가: 내일 뭐 할 거예요?

   나: _____ (옷을 사다 / 백화점에 가다)

2) 가: _____ (밥을 먹다 / 식당에 가다)

   나: 네, 좋아요.

3) 가: 윤오 씨, 어디에 가요?

   나: _____ (친구를 만나다 / 명동에 가다)

4) 가: _____ (산책하다 / 공원에 가다)

   나: 할 일이 좀 많아요. 미안해요.

解答

★ 注意事項（P.83）
1) 不可以   2) 不可以   3) 可以

★ 文法練習（P.85）
1) 옷을 사러 백화점에 갈 거예요.
2) 밥을 먹으러 식당에 갑시다.
3) 친구를 만나러 명동에 가요.
4) 산책하러 공원에 갈까요?

02　動-(으)려고

태오　웬 빵이에요?

유라　친구들하고 같이 **먹으려고** 샀어요. 먹어 보세요.

태오　정말 맛있네요. 저는 친구들하고 같이 **읽으려고** 책을 빌려 왔어요.

유라　재미있겠네요. 저도 이 책 읽고 싶었어요.

意義

● 「-(으)려고」用來表示有做前面這件事情的意圖或計畫。

泰吾　　怎麼突然買麵包？
幼蘿　　我想跟朋友們一起分享，所以就買了，嚐嚐看。
泰吾　　真的很好吃。我想跟朋友們一起讀書，所以來借書。
幼蘿　　一定很有趣，我之前也想看這本書。

其他例句

도서관에 가서 공부를 하려고 해요.
我想去圖書館念書。

한국 친구들과 이야기하려고 한국어를 공부합니다.
我想跟韓國朋友聊天,所以學韓語。

내일이 친구 생일이라서 선물로 주려고 모자를 샀어요.
明天是朋友生日,想送禮物給他,而買了帽子。

이번 방학 때는 부산으로 여행을 가려고 준비하고 있어요.
這次放假我想去釜山旅行,正在準備中。

주말에 집 청소를 좀 하려고 했어요. 그런데 너무 아파서 못 했어요.
我本來想週末的時候要打掃家裡,可是身體太不舒服,所以就沒打掃。

注意事項

Q 請看上方例句,思考使用這個表現時該注意哪些地方。然後閱讀下列句子,並圈選正確答案。(解答參考P.90)

1) 「-(으)려고」前面(可以/不可以)接形容詞。

2) 「-(으)려고」前面(可以/不可以)接表過去的「-았/었-」或表未來的「-겠」。

3) 「-(으)려고」前後的主語大多(相同/不同)。

4) 「-(으)려고」後面(可以/不可以)接「-(으)세요」、「-(으)ㅂ시다」。

5) 「-(으)려고」前面(可以用/不可以用)「못」。

補充

- 「－(으)려고」有「表示某行為之目的」的意義,常使用「－(으)려고 하다」或「－(으)려고요」的形態。

- 主要用來表示話者的計畫或意圖。

- 「－(으)려고」的形態變化如下。

	-(으)려고		-(으)려고
사다	사려고	부르다	부르려고
먹다	먹으려고	공부하다	공부하려고
듣다	들으려고	놀다	놀려고
짓다	지으려고		

相似文法比較

	-(으)러	-(으)려고
意義	目的	目的、意圖
注意	〔動詞〕- (으) 러 例 읽으러, 배우러 -았/었으러 (X) 例 갔으러 (X) -(으)러 + 가다, 오다, 다니다 等 (O) 例 밥을 먹으러 왔어요. 我來吃飯。 산책하러 갈 거예요. 我要去散步。 -(으)러 + 사다, 준비하다 (X) 例 먹으러 샀어요. (X) -(으)러 + -(으)세요 　　　 -(으)ㅂ시다 (O) 例 밥을 먹으러 오세요. (O) 請來吃飯。 산책하러 갑시다. (O) 我們去散步吧。	〔動詞〕- (으) 려고 例 읽으려고, 배우려고 -았/었으려고 (X) 例 갔으려고 (X) -(으)려고 + 가다, 오다, 사다, 준비하다 等 (O) 例 이따가 먹으려고 우유를 샀어요. 我待會要喝而買了牛奶。 책을 빌리려고 도서관에 갔다 왔어요. 我為了借書而去了一趟圖書館。 -(으)려고 + -(으)세요 　　　　 -(으)ㅂ시다 (X) 例 밥을 먹으려고 준비하세요. (X) 산책하려고 갑시다. (X)

3. 目的或意圖　89

文法練習

Q 請參照範例完成以下對話。

1) 동생에게 주다 / 장난감을 사다

→ _____

2) 한국어를 배우다 / 한국에 오다

→ _____

3) 한국 노래를 듣다 / 한국어를 배우다

→ _____

4) 졸업 후에 취직하다 / 준비하다

→ _____

★ 注意事項（P.87）
1) 不可以　2) 不可以　3) 相同　4) 不可以　5) 不可以用

★ 文法練習（P.90）
1) 동생에게 주려고 장난감을 샀어요.
2) 한국어를 배우려고 한국에 왔어요.
3) 한국 노래를 들으려고 한국어를 배워요.
4) 졸업 후에 취직하려고 준비하고 있어요.

03 動-고자　中級

19.mp3

기자　오늘은 가수 신이 씨를 모시고 이야기 나누고자 합니다.
　　　안녕하세요? 콘서트를 하실 때마다 다양한 이벤트를 하시기로 유명하신데요. 이번 콘서트에서는 어떤 이벤트를 하셨나요?

가수　저는 콘서트를 통해 환경 문제를 조금씩이라도 이야기하고자 했습니다. 이벤트 역시 그런 저의 마음을 담아 준비하는 것이고요. 이번 콘서트에서는 동물 실험의 위험성을 알리고자 동물 실험을 하지 않은 화장품을 선물로 드렸습니다.

기자　정말 대단하십니다. 동물 실험에 대해 다시 한번 생각해 보는 기회가 되는 것 같습니다.

意義

● 用於有做某項行為的意圖或計劃時。

記者　今天我們請歌手申伊來到現場跟大家聊聊。您好，大家都知道您每次辦演唱會都會舉辦各種活動，因此而出名。請問這次演唱會您舉辦了什麼樣的活動？

歌手　我打算藉由演唱會跟大家聊一點環保議題，這次的活動依舊以我的理念準備。這次演唱會會跟大家宣導動物實驗的危險性，然後也會贈送非動物實驗的化妝品。

記者　真的很了不起。或許這是讓大家重新思考動物實驗的機會。

3. 目的或意圖　91

其他例句

한국 문화를 알리고자 이 공연을 기획했습니다.
為了宣揚韓國文化，所以策劃了這場演出。

오늘은 한국의 의복 문화에 대해 발표하고자 합니다.
我今天要發表韓國的服裝文化。

이번 콘서트를 통해 이웃에게 사랑을 나누고자 합니다.
打算藉由這次演唱會跟鄰居分享愛。

오늘 모임의 목적에 대해 말씀드리고자 이 자리에 나왔습니다.
我是想要向各位報告今天聚會的目的而來到這裡。

저는 부모님의 자랑스러운 딸이 되고자 모든 일에 최선을 다했습니다.
我為了成為讓父母引以為傲的女兒，而對所有事情都竭盡全力。

！注意事項

Q 請看上方例句，思考使用這個表現時該注意哪些地方。然後閱讀下列句子，並圈選正確答案。（解答參考P.94）

1) 「-고자」前面（可以／不可以）接形容詞。

2) 「-고자」前面（可以／不可以）接表過去的「-았／었-」或表未來的「-겠」。

3) 「-고자」後面（可以／不可以）接「-(으)세요」、「-(으)ㅂ시다」。

92　Ⅰ 意義相似的句型

補充

● 「-고자」表目的跟意圖，其形態變化如下。

	-고자
가다	가고자
먹다	먹고자
공부하다	공부하고자
듣다	듣고자
짓다	짓고자
부르다	부르고자
살다	살고자

● 「-고자」雖然跟「-(으)려고」很像，但「-고자」多用於上台發表或訪問這種正式場合。

文法練習

Q 請完成以下對話。

1) 가: 이번 행사를 어떻게 기획하게 되셨습니까?

   나:＿＿＿＿＿＿＿＿＿＿＿＿＿＿＿＿＿＿＿＿＿＿＿＿＿＿＿

   (환경오염 문제의 심각성을 알리다 / 이 행사를 기획하다)

2) 가: 오늘 강연의 주제는 무엇인가요?

   나: 오늘은＿＿＿＿＿＿＿＿＿＿＿＿＿＿＿＿＿＿＿＿＿＿＿

   (에너지 절약에 대해 말씀 드리다)

3) 가: 마지막으로 더 하고 싶은 말씀 있으신가요?

   나: 저는 항상＿＿＿＿＿＿＿＿＿＿＿＿＿＿＿＿＿＿＿＿＿

   (모든 일에 최선을 다하는 사람이 되다 / 노력하다)

   저를 뽑아 주시면 최선을 다해 일하겠습니다.

解答

★ 注意事項（P.92）
1) 不可以　2) 不可以　3) 不可以

★ 文法練習（P.94）
1) 환경오염 문제의 심각성을 알리고자 이 행사를 기획했습니다.
2) 에너지 절약에 대해 말씀 드리고자 합니다.
3) 모든 일에 최선을 다하는 사람이 되고자 노력합니다.

04 　動-기 위해
　　　　名을/를 위해

20.mp3

中級

앵커　오늘은 축구 선수 박지국 씨를 모시고 이야기 나눠 보겠습니다. 안녕하세요?

지국　안녕하세요? 초대해 주셔서 감사합니다.

앵커　최근 최우수 선수상을 수상하셨는데 먼저 축하드립니다. 이렇게 훌륭한 선수가 되기 위해 많은 노력을 하신 것으로 알고 있습니다.

지국　감사합니다. 축구를 잘하기 위해 어릴 때부터 매일 꾸준히 연습을 했습니다. 그리고 저는 텔레비전을 보는 것보다 축구를 더 좋아했어요. 이렇게 좋아하는 일을 하니까 좋은 결과가 있었던 것 같습니다.

意義

● 用來表達做某事的目的、意圖。

主播　今天邀請到足球選手朴至國先生來跟我們聊聊，您好。

至國　您好，感謝貴節目的邀請。

主播　首先先恭喜您最近獲得最佳球員獎。據我所知，您為了成為傑出選手下了不少苦功。

至國　謝謝您。為了踢好足球，我從小就每天持續練習。而且，比起看電視，我更喜歡踢足球。應該是因為我在做自己喜歡做的事情，所以才得到好結果。

3. 目的或意圖　95

其他例句

한국어를 배우기 위해 이곳에 왔습니다.
我為了學韓語來到這個地方。

내 친구는 책을 빌리기 위해 매주 도서관에 간다.
我朋友為了借書,每周都去圖書館。

취직하기 위해 외국어와 컴퓨터를 배우고 있다.
我為了找工作,在學外語跟電腦。

건강을 위해서 매일 운동한다.
為了保持健康每天運動。

注意事項

Q 請看上方例句,思考使用這個表現時該注意哪些地方。然後閱讀下列句子,並圈選正確答案。(解答參考P.99)

1) 「-기 위해」前面(可以/不可以)接形容詞。

2) 「-기 위해」前面(可以/不可以)接表過去的「-았/었-」。

補充

● 「-기 위해서」雖然跟表行動目的使用的「-(으)려고」很像，但主要用於正式場合或文書。

● 「-기 위해서」的形態變化如下。

	-기 위해
가다	가기 위해
먹다	먹기 위해
공부하다	공부하기 위해
듣다	듣기 위해
짓다	짓기 위해
부르다	부르기 위해
살다	살기 위해

● 如果跟名詞搭配使用，使用「名詞을/를 위해」的形態。
例 우리 부모님은 오늘도 우리를 위해 열심히 노력하신다.
我們的父母今天也為了我們努力。

● 以「-기 위한」的形態使用時，後面接名詞較自然。
例 건강을 지키기 위한 방법에 대해 이야기해 봅시다.
我們今天來談談守護健康的方法。
이곳은 어린이를 위한 시설입니다.
這個地方是專為孩童設置的設施。

相似文法比較

	-고자	-기 위해
意義	表目的、意圖	
	-고자 + -(으)세요 -아/어야 해요 (X) -자 例 건강을 지키고자 운동하세요. (X)	-기 위해 + -(으)세요 -아/어야 해요 (O) -자 例 건강을 지키기 위해 운동하세요. (O) 為了守護健康，請運動。
注意	-고자 하다只用於表達意圖。 例 회의를 시작하고자 합니다. (O) 我們來開始開會。	不會只表達意圖。 例 회의를 시작하기 위해 합니다. (X) 我們現在開始開會。
	常用於文章或正式場合。 例 돈을 벌고자 이곳에 왔습니다. 為了賺錢而來到這個地方。	可用於口說或書面語。 例 돈을 벌기 위해 여기에 왔어요. 為了賺錢而來到這裡。 이 꽃은 너를 위해 준비했어. 這束花是為了你準備的。

文法練習

Q 請找出下列句子錯誤的地方並加以修正。

1) 유라 씨는 태권도를 연습하기 위해 학교에 가세요.

→ _____

2) 졸업했기 위해 열심히 공부하고 있습니다.

→ _____

3) 자기 자신이기 위해 열심히 살 것입니다.

→ _____

4) 한국 노래를 들기 위해 한국어를 공부했어요.

→ _____

解答

★ 注意事項（P.96）
1) 不可以　　2) 不可以

★ 文法練習（P.99）
1) 가세요 → 갔어요
2) 졸업했기 → 졸업하기
3) 자기 자신이기 → 자기 자신을
4) 들기 → 듣기

05　動-도록

선생님　지금부터 여러분의 한국 생활에 대해 발표를 하겠습니다. 발표를 할 때는 다른 사람들이 잘 들을 수 있도록 크게 말해 주세요. 그리고 듣는 사람은 발표하는 사람이 발표를 더 잘할 수 있도록 집중해서 들어 주세요.

학생　선생님, 발표가 끝나고 질문을 해도 될까요?

선생님　당연하지요. 질문이 있으면 발표가 끝나고 하도록 하세요. 자, 그럼 발표를 시작하도록 하겠습니다.

意義

● 用來表達文法後面所接的目的或結果。

老師　現在要請各位同學就你們的韓國生活感想開始發表。發表時聲音請大一點，務必讓大家可以聽得清楚。然後請專心聽，讓同學可以發表得更好。

學生　老師，發表結束後可以提問嗎？

老師　當然可以。如果有問題，請在發表後提問。那麼，現在開始報告吧。

其他例句

아기가 깨지 않도록 조용히 하세요.
請安靜一點不要讓孩子醒過來。

길이 미끄러우니까 넘어지지 않도록 조심하세요.
地板滑，務請小心別跌倒。

중요한 내용을 잊어버리지 않도록 메모했어요.
我作了筆記，以免忘記重要的內容。

선생님은 우리가 잘 이해할 수 있도록 쉽게 설명해 주셨다.
老師講解得很簡單，讓我們都可以理解。

집주인은 손님이 편하게 쉴 수 있도록 자리를 비켜 주었다.
屋主把床鋪騰出來，讓客人可以舒適休息。

！注意事項

Q 請看上方例句，思考使用這個表現時該注意哪些地方。然後閱讀下列句子，並圈選正確答案。（解答參考P.103）

1) 「-도록」前面（可以／不可以）接形容詞。

2) 「-도록」前面（可以／不可以）接表過去的「-았/었-」。

3) 「-도록」前面（可以／不可以）接名詞。

補充

● 用來表示前面的內容是後面內容的目的或結果。

● 形態變化如下。

	-도록
가다	가도록
먹다	먹도록
공부하다	공부하도록
듣다	듣도록
짓다	짓도록
부르다	부르도록
살다	살도록

● 如果使用「-도록 하다」的形態,有「建請、提議、命令做某行為」之意,表使令聽者做某項行動的意志。

例 식사 후에 이 약을 먹도록 하세요. (권유, 명령)
用餐後請服用這個藥。(建請、提議、命令)
다음부터는 일찍 오도록 하겠습니다. (의지)
下次我會早點來。(意志)

● 「-도록」可以與動詞搭配使用,表動作的程度。

例 동생이 집에 안 들어와서 목이 빠지도록 기다렸어요.
弟弟還沒回家,等得我脖子都要斷了。

● 「-도록」也與動詞搭配使用,表示「直到某時間為止」。

例 동생은 12시가 되도록 집에 안 왔어요.
弟弟晚上十二點了還不回家。
시험이 있어서 밤새도록 도서관에서 공부했어요.
因為有考試,所以在圖書館熬夜讀書。

文法練習

Q 請完成下列對話。

1) 가: 형이 공부하니까 _____ 조용히 해.

   (방해가 되지 않다)

   나: 네, 엄마.

2) 가: 회의가 잘 _____ 준비를 많이 해 주세요.

   (진행될 수 있다)

   나: 네, 알겠습니다.

3) 가: 이 방을 어떻게 꾸미면 좋을까?

   나: 아이들이 _____ 책을 읽는 방으로 꾸미면 어떨까?

   (책을 읽을 수 있다)

4) 가: 공연에서 _____ 최선을 다해서 연습하고 있어요.

   (실수하지 않다)

   나: 정말 대단하네요.

★ 注意事項（P.101）
1) 不可以　　2) 不可以　　3) 不可以

★ 文法練習（P.103）
1) 방해가 되지 않도록　　　　2) 진행될 수 있도록
3) 책을 읽을 수 있도록　　　　4) 실수하지 않도록

4

相反事實

01 動形-지만, 名(이)지만 ★★★

02 動-는 반면에, 形-(으)ㄴ 반면에, 名인 반면에 ★★

03 動形-(으)나, 名이나 ★★

01 動 形 -지만
名 (이)지만

초급

윤오　음식이 입에 맞아요?
유라　네. 좀 맵지만 맛있네요.
윤오　그렇죠? 저는 매운 음식을 좋아해서 이 식당에 자주 와요.
유라　그래요? 그런데 저는 사실 매운 음식 잘 안 먹지만 이건 맛있어요.
윤오　매운 음식을 안 좋아해요? 몰랐네요. 그럼 다른 걸 시킬까요?
유라　아니에요. 괜찮아요. 진짜 맛있어요.

意義

● 前後內容彼此相反。

允吾　　餐點合你的胃口嗎?
幼蘿　　是，雖然有點辣，但很好吃。
允吾　　是吧?因為我喜歡辣的食物，所以我經常來這家餐廳。
幼蘿　　是喔?不過，雖然我不太常吃辣，但這個很好吃。
允吾　　你不喜歡吃辣嗎?我都不曉得，要不我們點別的吧。
幼蘿　　不用，沒關係，真的很好吃。

4. 相反事實　105

其他例句

저는 농구를 좋아하지만 잘 못해요.
雖然我喜歡籃球,可是我不太會打。

제 동생은 노래는 잘하지만 춤은 못 춰요.
我弟弟很會唱歌,但是他舞跳得不好。

미안하지만 저는 이번 모임에 못 가요.
抱歉,我這次無法參加聚會。

카즈요 씨는 일본 사람이지만 한국어를 잘해요.
妹島雖然是日本人,但是韓語說得很流利。

이번 봉사활동은 힘들었지만 기분이 정말 좋았어요.
這次的慈善活動雖然很累,可是心情真的很好。

유라 씨, 바쁘겠지만 이번 일을 좀 도와주세요.
幼蘿,雖然知道你很忙,但這件事情要請你幫忙。

⚠ 注意事項

Q 請看上方例句,思考使用這個表現時該注意哪些地方。然後閱讀下列句子,並圈選正確答案。(解答參考P.108)

1) 「-지만」前面(可以/不可以)接形容詞。
2) 「-지만」前面(可以/不可以)接表過去的「-았/었-」。

補充

- 表示前後內容相反。

- 形態變化如下。

	-지만		-지만
가다	가지만	많다	많지만
먹다	먹지만	바쁘다	바쁘지만
공부하다	공부하지만	재미있다	재미있지만
듣다	듣지만	어렵다	어렵지만
짓다	짓지만	멀다	멀지만
부르다	부르지만	하얗다	하얗지만
살다	살지만		

- 前後的主語可以一致，也可以不同。

    例 딸기는 비싸지만 맛있어요.
    草莓雖貴但好吃。
    어제는 눈이 왔지만 오늘은 날씨가 맑아요.
    昨天下雪，今天晴朗。

文法練習

Q 請完成下列對話。

1) 가: 윤오 씨, 축구도 잘해요?

　　나: 아니요. _____ 축구는 잘 못해요.
　　　　　　　　　　　　　　　　　　　　　(농구는 잘하다)

2) 가: 동생도 케이팝(K-POP)을 자주 들어요?

　　나: 아니요. _____ 동생은 자주 안 들어요.
　　　　　　　　　　　　　　　　　　　　　(저는 자주 듣다)

3) 가: 기숙사 방이 어때요? 커요?

　　나: 아니요. _____ 아주 깨끗해요
　　　　　　　　　　　　　　　　　　　　　(방은 작다)

4) 가: 오늘도 비가 와요?

　　나: 아니요. _____ 오늘은 맑아요.
　　　　　　　　　　(주말에는 백화점에 사람이 많다 / 평일에 가다)

解答

★ 注意事項（P.106）
1) 可以　　2) 可以

★ 文法練習（P.108）
1) 농구는 잘하지만　　　　2) 저는 자주 듣지만
3) 방은 작지만　　　　　　4) 어제는 비가 왔지만

02 動-는 반면에 / 形-(으)ㄴ 반면에 / 名인 반면에

윤오　오늘은 한국의 교통수단에 대해 말씀드리겠습니다. 한국에는 지하철이나 버스와 같은 대중교통이 아주 잘 되어 있습니다. 지하철은 막히는 일이 거의 없어서 빠르게 갈 수 있는 반면에 여러 번 갈아타야 할 수도 있어서 좀 불편하기도 합니다. 반면에 버스는 길이 막혀서 출퇴근 시간에 불편할 때가 있는 반면 경치를 보면서 갈 수 있다는 장점이 있습니다.

意義

- 前句跟後句內容彼此相反。

允吾　今天要跟大家報告韓國的交通手段。韓國的地鐵、公車等大眾運輸非常便利。地鐵幾乎沒有塞車的問題，可以快速抵達目的地，缺點是必須轉乘好幾次，所以有點不方便。相反的，公車因為會塞車，上下班時間有時候會不方便。可是搭公車的優點是可以欣賞路上風景。

其他例句

이 가게 옷은 비싼 반면 품질이 좋다.
這家服飾店的衣服很貴,但品質很好。

그 회사는 월급은 많은 반면에 근무 시간이 길다.
那間公司月薪很高,可是工作時間很長。

아파트는 생활하기 편리한 반면에 층간소음과 같은 문제 때문에 불편한 점도 있다.
公寓的生活機能很方便,可是因為樓層噪音之類的問題,也有不方便之處。

이 공원은 주말에는 사람들이 많이 오는 반면에 평일에는 사람이 별로 없다.
這座公園假日人潮眾多,可是平日沒有什麼人。

최근 노인 인구는 계속 증가하는 반면에 출산율은 줄어들고 있어서 사회 문제가 되고 있다.
近年來高齡人口持續增加,然而出生率卻下滑,成為社會問題。

❗ 注意事項

Q 請看上方例句,思考使用這個表現時該注意哪些地方。然後閱讀下列句子,並圈選正確答案。(解答參考P.112)

1)「-(으)ㄴ/는 반면에」前面(可以/不可以)接動詞跟形容詞。

2)「-(으)ㄴ/는 반면에」前面(可以/不可以)接表過去的「-았/었-」。

補充

● 表示前後內容相反，用於正式場合。

● 形態變化如下。

	-는 반면에		-(으)ㄴ 반면에
가다	가는 반면에	많다	많은 반면에
먹다	먹는 반면에	바쁘다	바쁜 반면에
공부하다	공부하는 반면에	재미있다	재미있는 반면에
듣다	듣는 반면에	어렵다	어려운 반면에
짓다	짓는 반면에	멀다	먼 반면에
부르다	부르는 반면에	하얗다	하얀 반면에
살다	사는 반면에		

● 動詞過去以「-(으)ㄴ 반면에」表示。

例 모임이 끝난 후 친구들은 거의 집에 돌아간 반면 윤오는 남아서 정리를 했다.
聚會結束後，朋友們幾乎都回家了，但允吾留下來整理。

● 跟「-(으)ㄴ/는 데 반해」類似。

例 저는 성격이 급한 반면 우리 형은 급하지 않습니다.
我的個性比較急，但我哥的個性就不急。

文法練習

Q 請連接並完成短句。

1) 그 사람은 꼼꼼하다 / 일 처리가 느리다

→ _____

2) 우리 언니는 말이 별로 없다 / 나는 말이 많은 편이다

→ _____

3) 도시는 편의시설이 잘 되어 있다 / 공기가 안 좋다

→ _____

4) 이 일은 돈을 많이 벌 수 있다 / 여유 시간이 거의 없다

→ _____

解答

★ 注意事項（P.110）
1) 不可以   2) 不可以

★ 文法練習（P.112）
1) 그 사람은 꼼꼼한 반면에 일 처리가 느려요.
2) 우리 언니는 말이 별로 없는 반면에 나는 말이 많은 편이다.
3) 도시는 편의시설이 잘 되어 있는 반면에 공기가 안 좋다.
4) 이 일은 돈을 많이 벌 수 있는 반면에 여유 시간이 거의 不可以.

03 動形-(으)나 名이나

中級

date. 20**년 **월 **일

오늘 오후 벚꽃 축제가 시작되었다. 나는 친구들과 함께 벚꽃 축제에 갔다. 벚꽃은 아름다우나 빨리 지기 때문에 시간을 잘 맞춰 가는 것이 중요하다. 우리가 간 날은 날씨가 별로 안 좋았으나 사람들은 정말 많았다. 우리는 사진도 찍고 꽃길도 오래 걸었다. 오늘 나는 벚꽃 길을 걸으면서 좋아하는 사람들과 이렇게 꽃길을 걸을 수 있어서 행복하다는 생각을 했다.

意義

● 前後內容彼此相反。

● 日期　20**年**月**日／今天下午櫻花慶典開始了。我跟朋友一起去參加櫻花慶典。櫻花很美麗，但凋謝得很快，所以算準時間過去很重要。我們去的那天天氣不太好，可是人真的很多。我們拍了照片，在櫻花徑裡漫步許久。我今天走在花徑上，覺得自己可以跟喜歡的人一起走在花徑上，真的很幸福。

4. 相反事實　113

其他例句

이 학교는 규모는 작으나 많은 학생들이 공부하고 있다.
這間學校規模很小，可是有很多學生在這裡讀書。

한국어와 일본어는 높임법이 있고 조사가 있다는 점은 비슷하나 차이점도 많다.
韓語跟日語都有尊待語跟助詞這點是類似的，不過不一樣的地方也很多。

우리 기숙사에는 여러 나라에서 온 사람들이 살고 있으나 한 가족처럼 지낸다.
我們宿舍住了來自世界各地的人，可是大家就像家人一樣相處。

이번 경기에서 우리 팀은 최선을 다했으나 결국 지고 말았다.
這次比賽我們隊盡了全力，但最終還是輸了。

이번 주에는 눈이 많이 오겠으나 기온이 많이 떨어지지는 않겠습니다.
本周將會下很多雪，不過氣溫不會降很多。

注意事項

Q 請看上方例句，思考使用這個表現時該注意哪些地方。然後閱讀下列句子，並圈選正確答案。（解答參考P.116）

1)「-(으)나」前面（可以／不可以）接動詞跟形容詞。

2)「-(으)나」前面（可以／不可以）接表過去的「-았/었-」。

補充

● 前後內容相反，主要用於文書。

● 形態變化如下。

	-(으)나		-(으)나
가다	가나	많다	많으나
먹다	먹으나	바쁘다	바쁘나
공부하다	공부하나	재미있다	재미있으나
듣다	들으나	어렵다	어려우나
짓다	지으나	멀다	머나
부르다	부르나	하얗다	하야나
살다	사나		

相似文法比較

	-지만	-(으)ㄴ/는 반면에	-(으)나
意義	表示前後內容彼此相反。		
注意	-았/었지만, -겠지만 (O) 例 서울은 눈이 많이 왔지만 제주는 눈이 안 왔어요. 首爾下了很多雪，但濟州沒有下雪。	-았/었는 반면에 / -겠는 반면에 (X) -(으)ㄴ 반면에 (O) 例 서울은 눈이 많이 온 반면에 제주는 눈이 안 왔다. 首爾下了很多雪，但濟州沒有下雪。	-았/었으나, -겠으나 (O) 例 서울은 눈이 많이 오겠으나 제주는 안 오겠습니다. 首爾將會下很多雪，但濟州不會下雪。
	可用於對話跟書面語。	用於書面語或正式場合對話。	主要用於書面語。

● 「-지만」可如「미안하지만」、「죄송하지만」一樣作為慣用表達使用。

例 미안하지만 오늘 모임에 못 가요.
抱歉，我今天無法參加聚會。

文法練習

Q 請連接並完成短句。

1) 내 친구는 형편은 좋지 않다 / 항상 열심히 살다

→ _____

2) 그 사람은 양복은 잘 안 어울리다 / 한복은 잘 어울리다

→ _____

3) 이번 면접을 열심히 준비했다 / 결과가 좋지 않았다

→ _____

4) 여러 번 설명을 들었다 / 여전히 이해하지 못하다

→ _____

解答

★ 注意事項（P.114）
1) 可以　　2) 可以

★ 文法練習（P.116）
1) 내 친구는 형편은 좋지 않으나 항상 열심히 산다.
2) 그 사람은 양복은 잘 안 어울리나 한복은 잘 어울린다.
3) 이번 면접을 열심히 준비했으나 결과가 좋지 않았다.
4) 여러 번 설명을 들었으나 여전히 이해하지 못했다.

5 選擇

01 動形-거나, 名(이)나 ★★★

02 動形-든지, 名(이)든지 ★★

01 動 形 -거나 / 名 (이)나

케빈 나나 씨는 시간이 있을 때 뭐해요?

나나 집에서 책을 읽거나 산책을 해요. 케빈 씨는요?

케빈 저는 영화를 보러 가거나 아니면 친구를 만나서 이야기해요.

나나 그렇군요. 그럼 이번 주말에 우리 같이 영화를 보러 갈까요?

케빈 좋아요. 같이 가요.

意義

- 表示在前後內容之中選一個。

凱文 娜娜,你有空的時候都做些什麼?
娜娜 在家裡看書或是散步,凱文你呢?
凱文 我去看電影,不然就是跟朋友碰面聊天。
娜娜 原來如此,那麼這周末要不要一起去看電影?
凱文 好啊,一起去吧。

其他例句

건강을 위해서 산책하거나 조깅을 해요.
為了健康而散步或慢跑。

날씨가 맑거나 햇빛이 따뜻하면 기분이 좋아요.
天氣晴朗或是陽光溫暖的話,心情就會好。

외로울 때는 부모님께 전화를 하거나 친구를 만나요.
孤單時打電話給父母,或是跟朋友見面。

퇴근한 후에 집에 가서 텔레비전을 보거나 신문을 읽어요.
下班後回家看電視,或是看報紙。

스트레스가 쌓이면 노래방에 가거나 여행을 가 보세요.
壓力大的話請試著去KTV唱歌,或是去旅行。

맵거나 짠 음식을 많이 먹으면 물을 많이 마시게 돼요.
如果吃得太辣或太鹹,就會喝很多水。

❗ 注意事項

Q 請看上方例句,思考使用這個表現時該注意哪些地方。然後閱讀下列句子,並圈選正確答案。(解答參考P.121)

1) 「-거나」前面(可以/不可以)接動詞跟形容詞。

2) 「-거나」前面(可以/不可以)接表未來的「-겠」。

補充

● 通常表示在兩種狀況中擇一個,或者處在其中之一的狀況。

● 形態變化如下。

	-거나		-거나
가다	가거나	많다	많거나
먹다	먹거나	바쁘다	바쁘거나
공부하다	공부하거나	재미있다	재미있거나
듣다	듣거나	어렵다	어렵거나
짓다	짓거나	멀다	멀거나
부르다	부르거나	하얗다	하얗거나

● 如果搭配名詞,使用「-(이) 나」。

例 날씨가 좋아서 산이나 바다로 떠나고 싶어요.
天氣好,想去爬山或是去海邊。
아침에는 주스나 커피를 마셔요.
早上喝果汁或咖啡。

文法練習

Q 請連接並完成短句。

1) 가: 주말에는 보통 뭐해요?

   나: _____

   (숙제하다 / 친구를 만나다)

2) 가: 기분이 안 좋을 때 어떻게 해요?

   나: _____

   (조용히 음악을 듣다 / 친구와 이야기하다)

3) 가: 내일 뭐 할 거예요?

   나: _____

   (영화를 보다 / 쇼핑하다)

4) 가: 저는 _____ 곳은 별로 좋아하지 않아요.

   (사람이 많다 / 복잡하다)

   나: 그러면 어디에 갈까요?

★ 注意事項（P.119）
1) 可以　2) 不可以

★ 文法練習（P.121）
1) 숙제하거나 친구를 만나요.　2) 조용히 음악을 듣거나 친구와 이야기해요.
3) 영화를 보거나 쇼핑을 할 거예요.　4) 사람이 많거나 복잡한

02 動 形 -든지 / 名 (이)든지

中級

태오 내일 뭐 할까요?
유라 영화를 보든지 노래방에 가든지 할까요?
태오 네, 좋아요. 그러면 영화를 먼저 봐요. 저녁은 어떻게 할까요?
유라 한식이든지 일식이든지 상관없으니까 태오 씨가 먹고 싶은 것으로 먹어요.
태오 그러면 비빔밥을 먹으러 가요.

意義

● 表示可以在眾多選項之中選一個。

泰吾 明天要幹嘛？
幼蘿 要不要去看電影或是去唱歌？
泰吾 嗯，好啊。那我們先去看電影吧，那晚餐要吃什麼？
幼蘿 韓國料理或是日式料理都可以，吃你想吃的吧。
泰吾 那我們去吃拌飯吧。

其他例句

그 옷이 싸든지 비싸든지 사려고 해요.
不管那件衣服貴不貴，我都想買。

아프면 약을 먹든지 병원에 가든지 해야지요.
如果身體不舒服，就應該吃藥或是去看醫生。

주말에 영화를 보든지 쇼핑을 하든지 합시다.
我們周末去看電影或是逛街吧。

날씨가 좋든지 나쁘든지 그곳에 꼭 갈 거예요.
不論天氣好不好，我都要去那個地方。

벌써 10시 30분이야. 일어나든지 말든지 마음대로 해.
已經十點三十分了，愛起床不起床隨便你。

이번 모임에 가든지 말든지 나는 상관없으니까 네 마음대로 해.
這次的聚會去不去與我無關，看你。

⚠ 注意事項

Q 請看上方例句，思考使用這個表現時該注意哪些地方。然後閱讀下列句子，並圈選正確答案。（解答參考P.126）

1) 「-든지」前面（可以／不可以）接名詞。

2) 「-든지」前面（可以／不可以）接「-겠」。

3) 「-든지」後面（可以／不可以）接「-(으)세요」、「-(으)ㅂ시다」。

補充

- 表示在各種情況、事實中，不論選擇哪個都無關。

- 經常以「-든지 -든지 하다」的形態使用，也使用「-든지 말든지」。由於「-든지 말든지」經常用於對對方的行為感到不滿的情況，給人負面的感覺。

- 形態變化如下。

	-든지
가다	가든지
먹다	먹든지
공부하다	공부하든지
듣다	듣든지
짓다	짓든지
부르다	부르든지

相似文法比較

	-거나	-든지
意義	選擇	選擇
	通常用於在兩者之間選其一。 例 커피를 마시거나 녹차를 마시거나 하세요. 看您想喝咖啡還是綠茶。 （意思是在咖啡跟綠茶之間選一個）	用於在多個選項中，不論選哪個都沒關係。 例 커피를 마시든지 녹차를 마시든지 하세요. 看您是想喝咖啡還是想喝綠茶。 （雖然還有其他飲料，但這些飲料裡只有講出咖啡跟綠茶。
注意	常用於話者在所提內容之中做選擇的情況。 例 저는 주말에 쇼핑을 하러 가거나 집에서 영화를 봐요. 我周末會去逛街或是在家裡看電影。	常用於聽者在所提內容之中做選擇的情況。 例 가: 주말에 뭐 할까요? 我們周末要幹嘛？ 나: 영화를 보든지 노래방에 가든지 저는 상관없으니까 유라 씨 마음대로 하세요. 看電影或是去唱歌都可以，看幼蘿你想幹嘛。

5. 選擇 125

文法練習

Q 請完成下列句子。

1) 가: 숙제는 어떻게 내야 해요?

   나: _____

   (이메일로 보내다 / 종이로 제출하다)

2) 가: 주말에 뭐 할까요?

   나: _____

   (농구하러 가다 / 산책하러 가다)

3) 가: 저녁에 뭘 먹을까요?

   나: _____ 저는 상관없어요.

   (김치찌개 / 라면)

4) 가: 6시에 깨우라고 했잖아. _____ 마음

   대로 해.　　　　　　　　　　　　　　　　(일어나다 / 말다)

   나: 네, 엄마 이제 일어날게요.

解答

★ 注意事項（P123）
1) 可以　2) 不可以　3) 可以

★ 文法練習（P.126）
1) 이메일로 보내든지 종이로 제출하든지 하세요.
2) 농구하러 가든지 산책하러 가든지 합시다.
3) 김치찌개든지 라면이든지
4) 일어나든지 말든지

6

狀態或狀況持續

01 動-고 있다 ★★★

02 動-아/어/여 있다 ★★

03 動-아/어/여 놓다(두다) ★★

04 動-아/어/여 오다(가다) ★★

05 動-(으)ㄴ 채로 ★★

01 動-고 있다

윤오 오늘 모임은 정말 재미있네요. 이렇게 좋은 모임에 초대해 주어서 고마워요.

나나 아니에요. 윤오 씨가 같이 와 주어서 저도 즐겁네요.

윤오 그런데 저기 정장에 빨간 넥타이를 **매고 있는** 사람은 누구예요?

나나 우리 부서 부장님이세요. 멋있죠?

윤오 네. 그럼 사장님은 누구예요?

나나 저기 꽃무늬 원피스에 하이힐을 **신고 있는** 분이세요. 평소에는 항상 배낭을 **메고 다니시는데** 오늘은 멋있는 옷을 **입고 오셨네요**.

意義

● 表動作結束後，其狀態持續。

允吾 今天的聚會真的很有趣，謝謝你招待我來參加這麼好的聚會。
娜娜 別這麼說，你一起來參加，我也很高興。
允吾 不過，那邊那位穿西裝繫著紅領帶的人是誰？
娜娜 那是我們部門的部長，很帥吧？
允吾 是，那，社長是哪位？
娜娜 是那邊穿著花紋連身裙跟高跟鞋的那位。她平日總是背著一個後背包上下班，今天穿了很漂亮的衣服來呢。

其他例句

유라 씨는 오늘 짧은 치마를 입고 있어요.
幼蘿今天穿了短裙。

우산을 쓰고 있어서 누가 누구인지 모르겠어요.
因為撐著傘,所以不曉得誰是誰。

정장에 운동화를 신고 있는 사람이 윤오 씨예요.
身穿西裝腳穿運動鞋的人是允吾。

교복을 입고 있는 걸 보니까 고등학생인 것 같아요.
看他穿著校服,應該是高中生。

나나 씨는 까만색 정장에 핸드백을 들고 있는 사람이에요.
娜娜是穿著黑西裝,拿了一個手拿包的那位。

⚠ 注意事項

Q 請看上方例句,思考使用這個表現時該注意哪些地方。然後閱讀下列句子,並圈選正確答案。(解答參考P.131)

1) 「-고 있다」前面(可以/不可以)接形容詞。

2) 「-고 있다」前面(可以/不可以)接表過去的「-았/었-」或表未來的「-겠」。

補充

- 「-고 있다」多用於描述穿著打扮,常與「입다」等動詞一起使用,表穿上衣服後,其狀態的持續。

- 常與「-고 있다」相結合的穿著動詞如下。

	-고 있다
옷을 입다	옷을 입고 있다
신발을 신다	신발을 신고 있다
귀걸이(목걸이)를 하다	귀걸이를 하고 있다
시계를 차다	시계를 차고 있다
안경을 끼다 / 쓰다	안경을 끼고 있다
넥타이를 매다	넥타이를 매고 있다
배낭을 메다	배낭을 메고 있다
가방을 들다	가방을 들고 있다
우산을 쓰다	우산을 쓰고 있다

- 「-고 있다」也可使用「-고 가다/오다/다니다」的形態,用來表示動作結束後,維持其狀態「移動」。

    例 윤오 씨는 항상 정장을 입고 다녀요.
    允吾經常穿著西裝外出。
    그 파티에는 예쁜 드레스를 입고 가야 할 것 같아요.
    參加那場派對好像必須穿漂亮的洋裝。

- 「-고 있다」也可以用來表達現在正在進行的事情。搭配動詞使用,大部分的動詞都可以用。

    例 윤오 씨는 지금 책을 읽고 있어요.
    允吾現在正在看書。
    유라 씨가 교실에서 노래를 부르고 있어요.
    幼蘿正在教室裡唱歌。

文法練習

Q 請從選項裡找出正確表現並完成對話。

등산복을 입다	청바지를 입다
빨간 구두를 신다	지금 하다

1) 가: 내일 무슨 옷을 입을까?

　　나: 그냥 편하게 _____.

2) 가: _____. 등산 가세요?

　　나: 네, 북한산에 가려고요.

3) 가: _____ 목걸이가 정말 예쁘네요.

　　나: 네, 고마워요. 생일 선물로 받은 거예요.

4) 가: 가족 사진이에요? 이 사람은 누구예요?

　　나: _____ 사람요? 제 동생이에요.

解答

★ 注意事項（P.129）
1) 不可以　　2) 不可以

★ 文法練習（P.131）
1) 청바지를 입고 가세요　　　　2) 등산복을 입고 있네요
3) 지금 하고 있는　　　　　　　4) 빨간 구두를 신고 있는

6. 狀態或狀況持續　131

02 動 -아/어/여 있다

中級

date. 20**년 9월 23일

친구가 병원에 입원해 있어서 문병을 갔다.

그 친구는 부산에 일하러 가 있어서 자주 만나지 못했는데

사고 소식을 듣고 나는 바로 부산으로 내려갔다.

며칠 전 친구는 길가에 서 있었는데 반대쪽에서 오던 오토바이

때문에 사고가 났고 4주 정도 병원에 있어야 한다고 말했다.

그래도 정말 다행이었다.

친구에게 인사를 하고 다시 서울로 올라왔다.

나오면서 보니 병실 벽에 유명한 화가의 그림이 걸려 있었다.

마음이 편안해지는 그림이었다.

친구도 빨리 나아서 다시 만날 수 있으면 좋겠다.

意義

● 表動作結束後,其狀態持續。

● 日期　20**年9月23日／朋友住院了我去探病。那位朋友去釜山工作,因而無法常常碰面:我一聽到他車禍就馬上下去釜山了。他前幾天站在路邊,被一台對向的摩托車撞到,結果必須住院四週。不過真是不幸中的大幸。我跟他打過招呼之後又要回首爾。要走出病房的時候看到牆上掛著一幅知名畫家的畫作。那是一幅會讓人內心平和的畫。也希望朋友可以快點好起來,我們可以再聚一聚。

Note

其他例句

어머니께서 집에 와 계세요.
母親來家裡。

벽에 가족 사진이 걸려 있어요.
牆壁上掛著全家福。

학생들이 모두 교실에 앉아 있어요.
學生全都坐在教室裡。

책상 위에 가족 사진이 놓여 있어요.
桌上放著家人的照片。

어제 만든 케이크가 아직 남아 있어요?
昨天做的蛋糕還有剩嗎?

제 가방에는 책하고 공책이 들어 있어요.
我的包包裡放了書跟筆記本。

저기에 서 있는 사람이 제 친구 윤오 씨예요.
站在那邊的人是我朋友允吾。

❗ 注意事項

Q 請看上方例句,思考使用這個表現時該注意哪些地方。然後閱讀下列句子,並圈選正確答案。(解答參考P.136)

1) 「-아／어 있다」前面(可以／不可以)接動詞跟形容詞。

2) 「-아／어 있다」前面(可以／不可以)接表過去的「-았／었-」。

3) 「-아／어 있다」前面(可以／不可以)搭配「名詞을／를」。

補充

- 表狀態持續的「-아/어 있다」通常與「서다」、「앉다」等不須目的語的動詞一起使用。

- 若要使用尊待語,可以使用「-아/어 계시다」的形態。
  例 집에 가니까 할머니께서 와 계셨어요.
  回家發現奶奶來家裡了。

- 「-아/어 있다」的形態如下。

	-아/어 있다
가다	가 있다
서다	서 있다
앉다	앉아 있다
눕다	누워 있다

相似文法比較

	-고 있다	-아/어 있다
意義	狀態持續	狀態持續
注意	須目的語的動詞 +-고 있다 例 치마를 입고 있다. 穿裙子。 會與「(옷을) 입다」、「(모자를) 쓰다」等動詞一起使用,用來說明服裝打扮。 也有進行中的意思。 例 유라 씨는 공부하고 있어요. 幼蘿正在念書。	不須目的語的動詞 +-아/어 있다 例 입원해 있다. 主要用於說明狀態的情況。

6. 狀態或狀況持續 135

文法練習

Q 請完成以下對話。

1) 가: 윤오 씨는 요즘 어디에 있어요?

   나: 요즘 일이 있어서 _____

   (부산에 가다)

2) 가: 다리가 많이 아파요?

   나: 네, _____

   (하루 종일 서다)

3) 가: 창문을 언제 열었어요?

   나: 모르겠어요. 아까부터 _____

   (창문이 열리다)

4) 가: 할머니, _____

   (여기에 앉다)

   나: 응. 고마워.

★ 注意事項 (P.134)
1) 不可以   2) 不可以   3) 나오지 않는다

★ 文法練習 (P.136)
1) 부산에 가 있어요.　　　　　2) 하루 종일 서 있었어요.
3) 창문이 열려 있었어요.　　　4) 여기에 앉아 계세요.

03 動-아/어/여 놓다(두다)　中級

아들　엄마, 저예요. 혹시 창문을 **열어 놓고** 나가셨어요?
엄마　아니. 불도 끄고 창문도 모두 닫고 나왔는데. 왜?
아들　지금 집에 왔는데요. 창문이 열려 있어서요.
　　　어? 책상 위에 **놓아 둔** 노트북이 없어진 것 같아요.
엄마　노트북은 내가 좀 쓰려고 회사에 가지고 왔어.
　　　미리 말 안 해서 미안해.
아들　카메라는 어디에 있어요?
엄마　서랍에 **넣어 두었는데**…. 한번 찾아 봐.
아들　여기 있네요. 집에 도둑이 든 줄 알았어요.

意義

● 表動作結束後，其結果、狀態持續。

兒子　媽，是我。你是不是窗戶開開就出門了？
媽媽　沒有啊，我瓦斯爐關火，窗戶也都關上才出門的，怎麼了？
兒子　我剛回家，窗戶是開的。哦？桌上的筆電好像不見了。
媽媽　筆電我要用，帶來公司了。抱歉沒先跟你說。
兒子　相機在哪裡？
媽媽　放在抽屜裡⋯⋯你找一下。
兒子　在這裡啊，我還以為家裡遭小偷了。

6. 狀態或狀況持續　137

其他例句

달력을 어디에 걸어 둘까요?
月曆要掛在哪裡？

이 문법은 중요하니까 꼭 외워 두세요.
這個文法很重要，請一定要記住。

물을 사용한 후에는 수도를 꼭 잠가 두세요.
用水後請務必關緊水龍頭。

날씨가 더워서 문을 열어 놓고 청소를 했어요.
天氣熱，所以我開著門打掃。

공부하기 전에 미리 단어의 뜻을 찾아 놓으면 편해요.
念書前先查好單字的意思會比較方便。

주말에는 영화표가 빨리 매진돼서 미리 표를 예매해 놓았어요.
周末電影票很快就賣完，所以先訂好票了。

注意事項

Q 請看上方例句，思考使用這個表現時該注意哪些地方。然後閱讀下列句子，並圈選正確答案。（解答參考P.141）

1) 「-아／어 놓다」前面（可以／不可以）接動詞跟形容詞。

2) 「-아／어 놓다」前面（可以／不可以）接表過去的「-았／었-」或表未來的「-겠」。

3) 「-아／어 놓다」（可以／不可以）搭配「-(으)세요」、「-(으)ㅂ시다」等文法一起使用。

4) 「-아／어 놓다」前面（可以／不可以）搭配「名詞을／를」。

補充

- 「-아/어 놓다 (두다)」主要與須目的語的動詞搭配使用，表示狀態的持續。

	-아/어 놓다	-아/어 두다
열다	열어 놓다	열어 두다
켜다	켜 놓다	켜 두다
닫다	닫아 놓다	닫아 두다
끄다	꺼 놓다	꺼 두다
준비하다	준비해 놓다	준비해 두다

- 「-아/어 놓다」表示動作結束後，其狀態持續。也表示預作準備。
  例 시험을 보기 전에 미리 단어를 외워 놓아요.
  考試前先背好單字。
  취직하기 전에 컴퓨터를 미리 배워 놓으세요.
  找工作前請先學好電腦。

- 「-아/어 두다」跟「-아/어 놓다」的意思幾乎一樣。不過，跟「놓다」相比，「두다」給人狀態持續時間稍微長一點的感覺。
  例 과일을 오래 먹으려면 냉장고에 넣어 두어야 해요.
  水果如果想要吃久一點，就必須放進冰箱裡。
  이 사진을 잘 보관해 두세요.
  請妥善保管這張照片。

- 雖然「-아/어 놓다」可用於負面狀況，但「-아/어 두다」幾乎不會用於負面狀況。
  例 동생이 제 숙제를 엉망으로 만들어 놓았어요. (O)
  弟弟把我的作業搞得一團糟了。
  동생이 제 숙제를 엉망으로 만들어 두었어요. (?)

相似文法比較

	-아/어/여 있다	-아/어/여 놓다
意義	狀態持續	狀態持續 有動作完成後持續的意思，也可以用於事先準備的情況。
注意	**不需要目的語的動詞** + -아 / 어 있다 例 가 있다, 앉아 있다, 걸려 있다	**需要目的語的動詞** + -아 / 어놓다 例 단어를 외워 놓다, 　 컴퓨터를 배워 놓다

文法練習

Q 請找出正確的表現並完成對話。

음식을 준비하다	해야 할 일을 메모하다
사진부터 미리 찍다	전화번호를 저장하다

1) 가: 내일 친구들이 집에 놀러 온대요.

　　나: 그래요? 그럼 미리 _____

2) 가: 여권을 만들기 전에 무엇을 먼저 해야 할까요?

　　나: _____

3) 가: 요즘 할 일을 자꾸 잊어버려서 걱정이에요.

　　나: 그럼 _____

4) 가: 유라 씨 전화번호는 010-5353-3737이에요.

　　나: 네, _____

解答

★ 注意事項（P.138）
1) 不可以　2) 不可以　3) 可以　4) 可以

★ 文法練習（P.141）
1) 음식을 준비해 놓을게요.　　2) 사진부터 미리 찍어 놓아야 해요.
3) 해야 할 일을 메모해 놓으세요.　　4) 전화번호를 저장해 놓을게요.

04 動-아/어/여 오다(가다)

부 장 님　우리 회사에 입사하신 신입사원 여러분을 진심으로 환영합니다. 우리 회사는 직원이 10명밖에 되지 않는 소규모의 회사였지만 지금까지 많은 발전을 **해 왔습니다**. 그리고 앞으로도 계속 **발전해 갈 것입니다**. 여러분들도 우리 회사와 함께 앞으로 계속 **성장해 가기** 바랍니다.

신입사원　네. 최선을 다해 일하겠습니다.

意義

- 「-아／어 오다」用來描述從過去到現在為止持續的事情。
- 「-아／어 가다」表示前面提到的行動或狀態持續，並往前持續。

部　　長　誠摯歡迎各位新加入我們公司的員工，雖然我們是一家員工不超過十人的小公司，但至今為止有了長足發展，而且以後也會持續發展。期許大家可以跟著我們公司一起持續成長。

新進員工　是，我們會努力工作的。

其他例句

수업이 거의 끝나 갈 때쯤 윤오 씨가 왔어요.
快要下課的時候，允吾來了。

저는 2007년부터 한국어를 가르쳐 왔습니다.
我從2007年開始教韓語。

건강을 위해서 3년 전부터 꾸준히 운동을 해 왔습니다.
為了健康，我從三年前開始持續運動。

지금까지 열심히 배워 온 기타 실력을 보여 줄 시간이야!
現在是展現各位至今為止努力學習吉他實力的時間！

10년 동안 한 회사에서 일해 왔는데 이제 새로운 일에 도전해 보려고 합니다.
我十年來一直在同一家公司工作，如今想挑戰新工作。

가수 A 씨와 영화배우 B 씨는 사귄 지 얼마 안 되었고 이제 서로 알아 가는 단계라고 말했다.
歌手A某跟電影演員B某交往至今沒多久，他們說還在彼此互相了解的階段。

！注意事項

Q 請看上方例句，思考使用這個表現時該注意哪些地方。然後閱讀下列句子，並圈選正確答案。（解答參考P.145）

1) 「-아/어 오다」前面（可以/不可以）接形容詞。

2) 「-아/어 오다」前面（可以/不可以）接表過去的「-았/었-」或表未來的「-겠」。

6. 狀態或狀況持續　143

> **補充**

● 表狀態持續的「-아/어 오다 (가다)」其形態變化如下。

	-아/어 오다(가다)
발전하다	발전해 가다
알다	알아 가다
지내다	지내 오다
참다	참아 오다

● 「動詞+-아/어 가다」除了表狀態持續之外,也表示做了動作之後再去」之意,此時是「-아/어서 가다」的意思。

例 편의점에서 우유를 좀 사(서) 오세요.
請幫我去超商買牛奶回來。讓聽者買了牛奶之後去找話者
윤오 씨 생일이니까 케이크를 사(서) 가려고 해요.
因為是允吾生日,我打算買蛋糕過去。意思是買了蛋糕之後再過去
피자를 만들어 갈게요. 같이 먹어요.
我要去做披薩,一起吃吧。

文法練習

Q 請找出正確的表現並完成對話。

1) 가: 오랫동안 _____ 강아지를 잃어버렸어요.
   어떻게 하면 좋을까요?　　　　　　　　　　　(키우다)
   나: 먼저 가까운 곳부터 찾아봅시다.

2) 가 친구들 덕분에 유학 생활이 즐거웠어요.
   나: 저도요. 그동안 같이 _____
   친구들과 헤어진다고 생각하니 슬프네요.　　(지내다)

3) 가: 과학이 앞으로 어떻게 _____ -(으)ㄹ지 궁금해요.
   　　　　　　　　　　　　　　　　　　　　(발전하다)
   나: 그러게요. 하늘을 나는 자동차도 나왔다고 하니 앞으로 어떻게 달라질지 기대돼요.

4) 가: 그 소식 들었어요? 가수 A 씨가 유명한 사업가랑 사귄대요.
   나: 네, 그 두 사람은 이제 서로를 _____
   단계라고 했어요.　　　　　　　　　　　　　　(알다)

解答

★ 注意事項（P.143）
1) 不可以　2) 不可以

★ 文法練習（P.145）
1) 키워 온　2) 지내 온　3) 발전해 갈지　4) 알아 가는

6. 狀態或狀況持續　145

05 動-(으)ㄴ 채로　中級

태오　요즘 시험 준비 때문에 많이 힘들죠?
유라　네, 좀 힘드네요. 어제는 너무 피곤해서 화장을 한 채로 잠이 들었어요. 게다가 창문도 열어 놓은 채로 잤어요.
태오　요즘 새벽에는 많이 쌀쌀해요. 창문을 열고 자면 안 돼요.
유라　네. 그래서 그런지 감기 기운이 있는 것 같아요. 오늘은 그냥 집에 가서 쉬어야겠어요.

意義

● 表狀態持續。

泰吾　最近因為準備考試很辛苦吧？
幼蘿　是，有點辛苦。昨天因為太累，沒卸妝就睡著了。而且我開著窗戶就睡著了。
泰吾　最近清晨很涼，不能開窗睡覺。
幼蘿　是，不曉得是不是因為這樣，好像有點感冒。我今天得直接回家休息。

其他例句

렌즈를 낀 채로 잠을 자면 안 돼요.
不能戴著隱形眼鏡睡覺。

어제 불을 켜 놓은 채로 잠이 들었어요.
昨天開著燈睡著了。

오늘 시험이 있는데 윤오는 그 사실을 모른 채 학교에 갔다.
今天有考試，允吾不知道就直接去學校了。

어제 외국인 친구가 신발을 신은 채로 집에 들어와서 당황했어요.
昨天外國朋友穿著鞋子就進屋了，讓我有點驚訝。

유라 씨가 저 때문에 화가 많이 났어요. 그리고 화가 난 채로 그냥 집에 가 버렸어요.
幼蘿因為我很生氣，而且氣得直接回家了。

⚠ 注意事項

Q 請看上方例句，思考使用這個表現時該注意哪些地方。然後閱讀下列句子，並圈選正確答案。（解答參考P.149）

1) 「-(으)ㄴ 채로」前面（可以／不可以）接形容詞。

2) 「-(으)ㄴ 채로」前面（可以／不可以）接表過去的「-았/었-」或表未來的「-겠」。

補充

- 「-으ㄴ 채로」表示前面的行動完成後,其狀態持續。通常用於期待之外的狀況。

  例 수영복을 입은 채로 수영했어요.(?)
  반바지를 입은 채로 수영했어요.(O)
  穿著短褲游泳。

- 「-(으)ㄴ 채로」與「-아/어 놓다」、「-아/어 두다」相結合,常以「-아/어 놓은 채」、「-아/어 둔 채」形態使用。

- 「-(으)ㄴ 채로」前後主語須一致。

- 「-(으)ㄴ 채로」的形態變化如下,不與「가다」、「오다」等動詞一起使用。

	-(으)ㄴ 채로
신다	신은 채로
감다	감은 채로
켜다	켠 채로

文法練習

Q 請用一句話連接下列句子。

1) 청바지를 입다 / 수영하다

→ _____

2) 숙제를 다 못 하다 / 학교에 가다

→ _____

3) 씻지 못 하다 / 잘 때가 많다

→ _____

4) 창문을 열어 놓다 / 외출하다

→ _____

解答

★ 注意事項（P.147）
1) 不可以　2) 不可以

★ 文法練習（P.149）
1) 청바지를 입은 채로 수영했다.
2) 숙제를 다 못 한 채로 학교에 갔어요.
3) 씻지 못 한 채로 잘 때가 많아요.
4) 창문을 열어 놓은 채로 외출했어요.

7

事情的順序

01 動-고 ★★★

02 動-자마자 ★★

03 動-는 대로 ★★

04 動-자 ★

05 動-(으)면서 ★★★

01 動-고

아카네　오늘 수업이 끝나고 뭐 할 거예요?
케　빈　도서관에 갈 거예요.
아카네　밥을 먹고 도서관에 같이 가요. 저도 도서관에 가서 책을 빌릴 거예요.
케　빈　좋아요. 그럼 같이 가서 밥을 먹을까요?
아카네　네. 같이 식당에 가서 밥을 먹어요.
케　빈　저녁에는 뭐 할 거예요? 저녁도 같이 먹을까요?
아카네　미안해요. 저녁에는 친구를 만나기로 했어요. 친구를 만나고 집에 갈 거예요.

意義

● 表時間的「-고」用於「-고」前面的事情結束後，做後面的事情。

小茜　你今天下課後要做什麼？
凱文　我要去圖書館。
小茜　吃飽飯後一起去圖書館吧，我也要去圖書館借書。
凱文　好啊，那要一起吃飯嗎？
小茜　好啊，我們一起去餐廳吃飯。
凱文　你晚上要做什麼？晚餐也要一起吃嗎？
小茜　抱歉，我晚上說好要跟朋友見面，跟朋友見面之後就會回家了。

7. 事情的順序　151

其他例句

숙제를 하고 잠을 잤다.
做完作業然後睡覺。

도서관에 가서 공부하고 집에 가자.
我們去圖書館念書然後再回家吧。

밥을 먹고 친구를 만나러 갈 거예요.
我吃飽後要去見朋友。

그 책을 다 읽고 저에게 빌려 주세요.
那本書看完之後請借給我。

친구를 만나고 도서관에 가서 숙제를 했다.
我跟朋友碰面之後去圖書館寫作業。

注意事項

Q 請看上方例句，思考使用這個表現時該注意哪些地方。然後閱讀下列句子，並圈選正確答案。（解答參考P.155）

1) 「-고」前面（可以／不可以）接動詞跟形容詞。

2) 「-고」前後的主語要（相同／不同）。

3) 「-고」前面（可以／不可以）接表過去的「-았/었-」或表未來的「-겠」。

4) 「-고」後面（可以／不可以）接「-(으)세요」、「-(으)ㅂ시다」。

5) 「-고」後面（可以／不可以）接過去時制、現在時制跟未來時制。

補充

● 「-고」表羅列跟表時間先後順序，不過，表時間先後順序的「-고」意味著「-고」前面的事情全部結束之後才接後面這件事情。（表羅列的「-고」請參考P.57）

● 表時間的「-고」不與形容詞一起使用，其形態變化如下。

	-고		-고
가다	가고	짓다	짓고
먹다	먹고	부르다	부르고
공부하다	공부하고	살다	살고
듣다	듣고		

● 假如「-고」前後的內容相對調，事情的順序也會不一樣。
　例 밥을 먹고 차를 마셨어요. ≠ 차를 마시고 밥을 먹었어요.
　　 吃飯然後喝茶。≠ 喝茶然後吃飯。

● 「-고」前後的主語要相同。
　例 저는 어제 드라마를 보고 (저는) 숙제를 했어요.
　　 我昨天看了電視劇，然後寫作業。

7. 事情的順序　153

相似文法比較

	-아/어/여서	-고
意義	①理由、原因 ②時間先後順序	①羅列 ②時間先後順序
注意	表時間先後順序時,「-아/어서」前後內容是相關聯的事情,會有相同的目的語、相同的場所、相同的對象。	表時間先後順序時,「-고」前面的事情結束之後才會做後面這件事情。
	例 빵을 사서 (그 빵을) 먹었어요. [같은 목적어] 買了麵包之後吃(麵包)。〔相同目的語〕 도서관에 가서 (그 도서관에서) 책을 빌렸어요. [같은 장소] 去圖書館(在圖書館)借書。〔相同場所〕 친구를 만나서 (그 친구와 같이) 쇼핑했어요. [같은 사람과 함께] 跟朋友見面,然後(跟那位朋友)一起購物。〔跟同一個對象〕	例 슈퍼에서 빵을 사고 집에 갔어요. 在超市買了麵包然後回家。 친구를 만나고 (혼자) 쇼핑했어요. 跟朋友見面之後(自己)購物。

文法練習

Q 請用一句話連接下列句子。

1) 백화점에서 쇼핑을 하다 / 집에 오다

   → _____

2) 친구를 만나다 / 도서관에 가다

   → _____

3) 숙제를 하다 / 놀다

   → _____

4) 밥을 먹다 / 나가다

   → _____

解答

★ 注意事項（P.152）
1) 不可以   2) 相同   3) 不可以   4) 可以   5) 可以

★ 文法練習（P.155）
1) 백화점에서 쇼핑을 하고 집에 왔어요.
2) 친구를 만나고 도서관에 가요.
3) 숙제를 하고 놀 거예요.
4) 밥을 먹고 나갔어요.

02 動-자마자 中級

마이클　우리 팀 발표 PPT를 다 만들었어요?

유　라　다 만들었어요. 집에 가자마자 이메일로 보내 줄게요.
　　　　확인해 주세요.

마이클　네. 보고 수정할 것이 있으면 고칠게요.

[잠시 후]

유　라　여보세요?

마이클　유라 씨, 이메일을 보자마자 전화하는 거예요. 특별히 고칠
　　　　것은 없는 것 같아요. 발표 연습을 좀 더 하고 내일 아침에 도
　　　　서관 문 열자마자 가서 같이 정리해요.

意義

● 表時間順序的「-자마자」有「前面這件事情結束後，立刻…」的意思。

麥克　　我們這組報告的PPT都做好了嗎？
幼蘿　　都做好了，我回家馬上用E-mail寄給你，你再確認一下。
麥克　　好，報告如果有需要修改的地方我來改。
〔稍後〕
幼蘿　　喂？
麥克　　幼蘿，我一看到郵件就打給你了。好像沒有特別須要改什麼。我再
　　　　多練習一下上台報告，明天早上圖書館一開，我們一起去整理吧。

其他例句

집에 가자마자 뭐해요?
你回家之後第一件事情做什麼？

밖에 나오자마자 비가 왔어요.
一到外面就下雨了。

고향에 도착하자마자 전화하세요.
一回到故鄉請打給我。

아침에 일어나자마자 휴대 전화를 봐요.
早上一起床就看手機。

머리가 너무 아파서 집에 가자마자 잤어요.
頭太痛，我一回家就睡了。

❗ 注意事項

Q 請看上方例句，思考使用這個表現時該注意哪些地方。然後閱讀下列句子，並圈選正確答案。（解答參考P.159）

1) 「-자마자」前面（可以／不可以）接形容詞。

2) 「-자마자」前後（可以／不可以）接不同主語。

3) 「-자마자」前面（可以／不可以）接表過去的「-았／었-」或表未來的「-겠」。

4) 「-자마자」前面（可以／不可以）接「안」、「못」。

5) 「-자마자」後面（可以／不可以）接「-(으)세요」、「-(으)ㅂ시다」。

補充

● 「-자마자」表示事情順序,不用在「同時發生的事情」或「結果發生什麼事」這兩個情況。
例 넘어지자마자 다쳤어요. (?)

● 「-자마자」的形態變化如下。

	-자마자
가다	가자마자
먹다	먹자마자
듣다	듣자마자
부르다	부르자마자

● 「-자마자」跟表事情順序的「-는 대로」也很相似,可替換使用。
例 수업이 끝나자마자 집에 갔어요.
一下課就回家了。
수업이 끝나자마자 집에 가요.
一下課就回家。
수업이 끝나자마자 집에 갈 거예요.
一下課就會回家。
수업이 끝나자마자 집에 갑시다.
下課我們就回家吧。
수업이 끝나자마자 집에 가세요.
下課後就請回家。
수업이 끝나자마자 집에 가야 해요.
下課後就必須回家。

文法練習

Q 請用一句話連接下列句子。

1) 아침에 일어나다 / 물을 마시다

→ _____

2) 윤오는 숙제를 끝내다 / 친구 집으로 가다

→ _____

3) 그 이야기를 듣다 / 눈물을 흘리다

→ _____

4) 유라는 나를 보다 / 밖으로 나가다

→ _____

解答

★ 注意事項（P.157）
1) 不可以　2) 可以　3) 不可以　4) 不可以　5) 可以

★ 文法練習（P.159）
1) 아침에 일어나자마자 물을 마셔요.
2) 윤오는 숙제를 끝내자마자 친구 집으로 갔다.
3) 그 이야기를 듣자마자 눈물을 흘렸어요.
4) 유라는 나를 보자마자 밖으로 나갔다.

03 動-는 대로 　中級

윤오　어머니, 출장 다녀오겠습니다.

엄마　그래. **도착하는 대로** 전화해.

윤오　걱정 마세요. 도착하자마자 전화할게요.
　　　그리고 형한테 할 말이 있으니까 집에 **들어오는 대로** 제게 전화하라고 이야기해 주세요.

엄마　알겠어. 조심히 다녀와.

意義

● 「-는 대로」跟表時間順序的「-자마자」一樣，都有「前面的事情結束後馬上…」的意思。

允吾　媽，我去出差了。

媽媽　好，到了打給我。

允吾　別擔心，我一到就打給您。還有，我有話要跟哥說，他一回家就叫他打給我。

媽媽　知道了，路上小心。

其他例句

수업이 끝나는 대로 문자 보낼게요.
下課我就傳訊息給你。

식사를 마치는 대로 출발하겠습니다.
吃飽飯就出發。

회의가 끝나는 대로 부장님 방으로 오세요.
開完會請來一趟部長辦公室。

고향에 도착하는 대로 이메일을 보내 주세요.
一回到故鄉請寄電子郵件給我。

부장님께서 들어오시는 대로 메시지를 전해 드리겠습니다.
部長一進來，我就會將留言轉交給他。

⚠ 注意事項

Q 請看上方例句，思考使用這個表現時該注意哪些地方。然後閱讀下列句子，並圈選正確答案。（解答參考P.163）

1) 「-는 대로」前面（可以／不可以）接形容詞。

2) 「-는 대로」前後（可以／不可以）接不同主語。

3) 「-는 대로」前面（可以／不可以）接表過去的「-았／었-」或表未來的「-겠」。

4) 「-는 대로」前面（可以／不可以）接「안」、「못」。

5) 「-는 대로」後面（可以／不可以）接「-(으)세요」、「-(으)ㅂ시다」。

> **補充**

- 「-는 대로」表事情順序時，與動詞搭配使用。「-는 대로」的後面主要接「-(으)세요」、「-(으)ㅂ시다」、「-(으)ㄹ게요」、「-겠습니다」。

- 「-는 대로」的形態變化如下。

	-는 대로
가다	가는 대로
먹다	먹는 대로
듣다	듣는 대로
부르다	부르는 대로

- 「-는 대로」也有「如前所言」的意思。如係此意則依狀況使用「-(으)ㄴ 대로」的形態。

  例 어머니께서 가르쳐 주시는 대로 만들었어요.
  我按照母親教的做了。
  지난번에 말한 대로 오늘은 김치를 만들어 보겠습니다.
  如同上次說的，我們今天要做泡菜。

文法練習

Q 請用一句話連接下列句子。

1) 학교에 도착하다 / 전화하다

→ _____

2) 사무실에 들어가다 / 이메일을 보내다

→ _____

3) 일을 마무리하다 / 연락 주다

→ _____

4) 식사를 마치다 / 출발하다

→ _____

解答

★ 注意事項（P.161）
1) 不可以   2) 可以   3) 不可以   4) 不可以   5) 可以

★ 文法練習（P.163）
1) 학교에 도착하는 대로 전화하세요.
2) 사무실에 들어가는 대로 이메일을 보낼게요.
3) 일을 마무리하는 대로 연락 주세요.
4) 식사를 마치는 대로 출발합시다.

04 動-자

> **1683호 소통 신문 2000년 00월 00일**
>
> 인기 가수 유라 씨는 한 연예 정보 프로그램에 출연해 영화배우 지섭 씨와의 관계에 대해 솔직하게 이야기하였다.
> 처음에 두 사람은 10년 전에 영화 시사회에서 만나게 되어 지금까지 좋은 친구 사이로 우정을 쌓고 있다고 말했다. 이에 리포터가 진짜 우정이냐고 묻자 유라 씨는 그렇다고 말하면서 미소를 지었다.
> 유라 씨가 지섭 씨와 그냥 친한 친구 사이일 뿐이라고 말하자 누리꾼들은 "우정이 사랑이 될 수도 있는 것", "두 사람이 잘 어울리는데 사귀면 좋겠다" 등의 반응을 보였다.

意義

● 「-자」表示時間的意思時，跟表「瞬接」的「-자마자」意義相似。

● 1683號／SOTONG新聞／2000年00月00日／人氣歌手幼蘿參加一檔戀愛情報節目，在節目中誠實吐露自己與電影演員志燮的關係。她說兩人最初是在十年前一部電影試映會中相遇，然後至今一直維持著良好的朋友關係。對此，記者詢問兩人的感情真的是友情嗎？幼蘿說是的，同時露出微笑。幼蘿一說自己跟志燮只是朋友關係，網友們就露出「友情也有可能會變成愛情」、「兩人很登對，要是可以交往就好了」等反應。

其他例句

창문을 열자 시원한 바람이 들어왔다.
窗戶一打開，涼爽的風就吹了進來。

우리가 식사를 마치자 윤오 씨가 왔다.
我們一吃完餐飯，允吾就來了。

비가 그치자 아이들이 하나 둘 밖으로 나왔다.
雨一停，孩子們一個個跑到外面來。

친구에게 소문의 사실을 묻자 친구는 자세히 말해 주었다.
我跟朋友詢問傳聞的真相，朋友仔細的告訴了我。

미셸 씨가 이야기를 시작하자 친구들은 한두 명씩 스마트폰을 보기 시작했다.
蜜雪兒一開始說話，朋友們就一個個看起手機。

注意事項

Q 請看上方例句，思考使用這個表現時該注意哪些地方。然後閱讀下列句子，並圈選正確答案。（解答參考P.167）

1)「-자」前面（可以／不可以）接形容詞。

2)「-자」前後（可以／不可以）接不同主語。

3)「-자」後面（可以／不可以）接「-(으)세요」、「-(으)ㅂ시다」。

補充

- 「-자」表前面的動作結束後,立刻發生後面這個動作。也可用於表示「前面的行動是後面事實的原因或動機」。「-자」在意義上與「-자마자」相似,但主要用於文書。

- 「-자」後面主要接過去時制。

- 「-자」的形態變化如下。

	-자
가다	가자
먹다	먹자
시작하다	시작하자
놀다	놀자

文法練習

Q 請用一句話連接下列句子。

1) 문을 열다 / 시끄러운 소리가 들리다

→ _____

2) 아침에 눈을 뜨다 / 맛있는 음식 냄새가 나다

→ _____

3) 윤오에게 인생에서 가장 중요한 것을 묻다 / 가족이라고 대답하다

→ _____

4) 그 사람에게 건강해 보인다고 말하다 / 요즘 운동을 시작했다고 말하다

→ _____

解答

★ 注意事項（P.165）
1) 不可以　2) 可以　2) 不可以

★ 文法練習（P.167）
1) 문을 열자 시끄러운 소리가 들렸다.
2) 아침에 눈을 뜨자 맛있는 음식 냄새가 났다.
3) 윤오에게 인생에서 가장 중요한 것을 묻자 가족이라고 대답했다.
4) 그 사람에게 건강해 보인다고 말하자 요즘 운동을 시작했다고 말했다.

相似文法比較

	-자마자	-는 대로	-자
意義	事情的順序 事情結束之後立刻	事情結束之後立刻	-자後接事情的原因、動機
注意	〔動詞〕-자마자 例 수업이 끝나자마자 전화할게요. 我下課就打給你。	〔動詞〕-는 대로 例 수업이 끝나는 대로 전화할게요. 我下課就打給你。	〔動詞〕-자 例 수업이 끝나자 학생들이 모두 밖으로 나왔다. 一下課，學生們全部跑到外面來。
	-았/었자마자 (X) 例 밥을 먹었자마자 나갔어요. (X)	-았/었는 대로 (X) 例 밥을 먹었는 대로 나갈 거예요. (X)	-았/었자 (X) 例 밥을 먹었자 나갔다. (X)
	안 [동사]-자마자 (X) 例 학교에 안 가자마자 숙제를 해요. (X)	안 [동사]-는 대로 (X) 例 학교에 안 가는 대로 숙제를 해요. (X)	안 〔動詞〕-자 例 내가 학교에 안 가자 친구들이 집으로 찾아왔다. 我一沒去上學，同學就來家裡找我了。
	-자마자 + -았/었어요 (O) 例 집에 가자마자 전화했어요. (O) 我一到家就打電話。	-는 대로 + -았/었어요 (X) 例 집에 가는 대로 전화했어요. (X)	-자 + -았/었어요 (O) 例 내가 집에 가자 친구들이 따라왔어요. 我剛回家，朋友們就跟來了。

	-자마자 + -(으)ㄹ 거예요 (O) 例 수업이 끝나자마자 집에 갈 거예요. (O) 我下課就回家。	-는 대로 + -(으)ㄹ 게요 (O) 例 수업이 끝나는 대로 집에 갈게요. (O) 我下課就回家。	-자 + -(으)ㄹ 거예요 (X) 例 수업이 끝나자 모두 갈 거예요. (X)
	也可以用於偶然發生的事情。 例 밖에 나가자마자 비가 왔어요. (O) 一到外面就下雨了。	也可以用於偶然發生的事情。 例 밖에 나가는 대로 비가 와요. (X)	
注意	-자마자前後可用相同或不同的主語。 例 선생님께서 들어오시자마자 학생들은 모두 조용해졌어요. 老師一進來，學生全都靜了下來。	-는 대로前後可用相同或不同的主語。 例 부장님께서 들어오시는대로 메모를 전해 주세요. 部長一進辦公室，請把留言轉交給他。	-자的前後常使用不同主語。 例 선생님께서 들어오시자 학생들은 모두 조용해졌다. 老師一進來，學生全都安靜了。

05 動-(으)면서

유 라　오늘 오후에 뭐 할 거예요?
마이클　아직 모르겠어요.
유 라　그럼 저랑 같이 밥 먹을래요? 같이 밥 먹으면서 숙제 이야기도 해요.
마이클　좋아요. 저는 커피를 마시면서 공부하는 것이 좋아요.
　　　　밥을 먹고 카페에 가서 이야기를 하면서 커피를 마실까요?
유 라　좋아요. 식당 근처에 분위기가 좋은 카페가 있으니까 거기에 가요.

意義

● 表時間的「-(으)면서」用於前後事情同時發生的情況。

幼蘿　　你今天下午要幹嘛?
麥克　　還不知道。
幼蘿　　那要不要跟我一起吃飯?我們一面吃飯,一面討論作業吧。
麥克　　好啊,我喜歡邊喝咖啡邊讀書。我們要不要吃過後去咖啡廳邊喝邊談?
幼蘿　　好呀,餐廳附近有個氣氛不錯的咖啡廳,我們去那間吧。

其他例句

영화를 보면서 팝콘을 먹었어요.
邊看電影邊吃爆米花。

우리 좀 걸으면서 이야기할까요?
我們要不要邊走邊聊？

저는 보통 밥을 먹으면서 텔레비전을 봐요.
我通常一邊吃飯一邊看電視。

음악을 들으면서 공부를 하면 공부가 더 잘돼요.
如果邊聽音樂邊念書，念得更好。

우리 아버지께서는 매일 아침 커피를 마시면서 신문을 보십니다.
我父親每天早上一邊喝咖啡，一邊看報紙。

⚠️ 注意事項

Q 請看上方例句，思考使用這個表現時該注意哪些地方。然後閱讀下列句子，並圈選正確答案。（解答參考P.173）

1) 「-(으)면서」前面（可以／不可以）接形容詞或名詞。

2) 「-(으)면서」前面（可以／不可以）接表過去的「-았/었-」或表未來的「-겠」。

3) 「-(으)면서」後面（可以／不可以）接「-(으)세요」、「-(으)ㅂ시다」。

> **補充**

● 「-(으)면서」表時間時,意味著同時動作,只與動詞搭配使用。因此跟下方例句一樣,即使前後句對調意思也一樣。

  例 밥을 먹으면서 텔레비전을 봐요. = 텔레비전을 보면서 밥을 먹어요.
  我一邊吃飯一邊看電視。=我一邊看電視一邊吃飯。

● 「-(으)면서」的形態變化如下。

	-(으)면서
가다	가면서
먹다	먹으면서
공부하다	공부하면서
듣다	들으면서
짓다	지으면서
부르다	부르면서
살다	살면서

● 「-(으)면서」除了有「表時間」的意思之外,跟「-고」一樣也有「表羅列」的意思。

  例 유라는 키가 크면서 얼굴이 예쁘다.
  幼蘿個子高,長得又很漂亮。
  오늘은 비가 오면서 바람이 분다.
  今天颳風並下雨。

文法練習

Q 請用一句話連接下列句子。

1) 텔레비전을 보다 / 빵을 먹다

→ _____

2) 요리를 하다 / 음악을 듣다

→ _____

3) 커피를 마시다 / 좀 쉬다

→ _____

4) 친구가 내 이름을 부르다 / 뛰어오다

→ _____

解答

★ 注意事項（P.171）
1) 不可以 2) 不可以 3) 可以

★ 文法練習（P.173）
1) 텔레비전을 보면서 빵을 먹었어요.
2) 요리를 하면서 음악을 들어요.
3) 커피를 마시면서 좀 쉬세요.
4) 친구가 내 이름을 부르면서 뛰어온다.

even though

8

讓步

01 動形-아/어/여도, 名이어도/여도 ★★★

02 動形-더라도, 名(이)더라도 ★★

01 動形-아/어/여도
名이어도/여도

윤오 요즘 너무 바빠서 밥 먹을 시간도 없어. 회의도 많고 일이 안 끝나니까 야근도 하게 돼.

유라 아무리 바빠도 밥은 잘 챙겨 먹어야지.

윤오 시간이 정말 없어서 너무 힘들어. 회사를 그만두고 싶어.

유라 그렇겠네. 하지만 아무리 힘들어도 열심히 다녀야 해. 힘들게 들어간 회사니까.

윤오 그래, 맞아. 일하고 싶어도 취직이 안 돼서 고민하는 사람도 많은데…. 힘들어도 즐거운 마음으로 일해야겠어.

意義

● 表假設或讓步。

允吾 最近太忙，連吃飯也沒有時間。會議很多，工作沒結束，得加班。
幼蘿 即使忙也得好好吃飯啊。
允吾 真的是沒時間，太累了。我想辭職。
幼蘿 一定會的，但再怎麼累還是得努力上班，畢竟是你好不容易才進去的公司。
允吾 是啊，你說的沒錯。想工作卻找不到工作，煩惱的人還蠻多的，我即使累也得開心工作才是。

其他例句

아무리 피곤해도 꼭 숙제를 하세요.
儘管很累也請務必要寫作業。

단어를 열심히 외워도 기억이 안 나요.
即使努力背單字,還是記不起來。

키가 작아도 농구를 잘하는 사람이 있어요.
個子矮籃球卻打得很好的人是有的。

그 사람이 누구인지 아무리 생각해도 모르겠어요.
不管我怎麼想,都想不起來他是誰。

지금 집에 가도 아무도 없을 거야. 아빠하고 엄마는 회사에 가셨거든.
即使現在回家也不會有人在家的,爸媽都去上班了。

❗ 注意事項

Q 請看上方例句,思考使用這個表現時該注意哪些地方。然後閱讀下列句子,並圈選正確答案。(解答參考P.178)

1) 「-아/어도」前面(可以/不可以)接動詞跟形容詞。

2) 「-아/어도」前面(可以/不可以)接表過去的「-았/었-」或表未來的「-겠」。

3) 「-아/어도」後面(可以/不可以)接「-(으)세요」、「-(으)ㅂ시다」。

補充

- 「-아/어도」即「讓步」之意，表示即便有前面內容，但後面內容完全不影響。

- 「-아/어도」的形態變化如下。

	-아/어도		-아/어도
가다	가도	많다	많아도
먹다	먹어도	바쁘다	바빠도
공부하다	공부해도	재미있다	재미있어도
듣다	들어도	어렵다	어려워도
짓다	지어도	멀다	멀어도
부르다	불러도	하얗다	하얘도
놀다	놀아도		

- 與「아무리」一起使用，以強調該狀況。「아무리」有「程度強，即使如此也…」的意思，經常與「-아/어도」一起使用。

  例 연필을 찾고 있는데 아무리 찾아도 없네요.
  我在找鉛筆，可是不管怎麼找都找不到。
  아무리 바빠도 밥을 꼭 먹어야 해요.
  再怎麼忙，都得吃飯才行。

文法練習

Q 請用一句話連接下列句子。

1) 밥을 많이 먹어도 _____

2) 아무리 생각해도 _____

3) 매일 한국어를 공부해도 _____

4) 아무리 힘들어도 _____

解答

★ 注意事項（P.176）
1) 可以　2) 不可以　3) 可以

★ 文法練習（P.178）
1) 배가 고파요.　　　　　　2) 모르겠어요.
3) 어려워요.　　　　　　　 4) 포기하면 안 돼요.

02 動 形 -더라도
名 (이)더라도

中級

케빈　아직 도착하려면 멀었어요? 너무 힘든데요.

나나　조금만 더 가면 돼요. 힘들더라도 조금만 더 힘을 내세요.

케빈　아까부터 조금만 더 가면 된다고 했잖아요. 도대체 언제까지 가야 해요? 배고파 죽겠어요.

나나　진짜 조금만 가면 돼요. 배가 고프더라도 조금만 참으세요. 가서 맛있는 것을 먹어요.

케빈　알겠어요. 빨리 가요.

意義

- 表假設或讓步。

凱文　要到達還很遠嗎？太累了。

娜娜　再走一下就到了，就算累也請再撐一下。

凱文　你從剛才就一直說快到了快到了，到底還要走到什麼時候？我快餓死了。

娜娜　真的再走一下就到了，即使肚子餓了也請再忍一下。我們去那吃好吃的。

凱文　知道了，快走吧。

8. 讓步　179

其他例句

바쁘더라도 아침은 꼭 먹어야 해요.
即使忙，早餐也必須要吃。

날씨가 안 좋더라도 산에 갈 거예요.
即使天氣不好也要去爬山。

윤오 씨, 화가 나더라도 참아야 해요.
允吾，即使你生氣也得忍忍。

고향에 돌아가더라도 자주 연락하세요.
即使回老家了也要常連絡。

눈이 오더라도 계획대로 공연을 합니다.
即使下雪，也按照計畫演出。

❗ 注意事項

Q 請看上方例句，思考使用這個表現時該注意哪些地方。然後閱讀下列句子，並圈選正確答案。（解答參考P.183）

1) 「-더라도」前面（可以／不可以）接動詞跟形容詞。

2) 「-더라도」後面（可以／不可以）接「-(으)세요」、「-(으)ㅂ시다」。

補充

● 「-더라도」用於承認前內容,但後句卻表與前內容無關的相反內容。

● 「-더라도」的形態變化如下。

	-더라도		-더라도
가다	가더라도	많다	많더라도
먹다	먹더라도	바쁘다	바쁘더라도
공부하다	공부하더라도	재미있다	재미있더라도
듣다	듣더라도	어렵다	어렵더라도
짓다	짓더라도	멀다	멀더라도
부르다	부르더라도	하얗다	하얗더라도
놀다	놀더라도		

● 與「-아/어도」類似,可以替換使用,但主要用於假設尚未發生的狀況。「-더라도」不太用在「假設現在正在發生的事情」。此外,「-더라도」也用在事情發生可能性稍微低一點的時候。

例 閱讀後

이 책은 읽어도 모르겠어요. (O)
這本書讀了也不會懂的。
이 책은 읽더라도 모르겠어요. (X)

相似文法比較

	-아/어/여도	-더라도
意義	假設、讓步	假設、讓步
注意	〔動詞〕〔形容詞〕-아/어도 例 읽어도, 예뻐도 可用於現在正在發生的事情，或是談論已經發生的事情。 例 볼펜이 없어졌는데 아무리 찾아도 없어요. 原子筆不見了，不論怎麼找都找不到。 나라 씨는 키가 작아도 농구를 잘해. 娜拉個子嬌小，卻很會打籃球。	〔動詞〕〔形容詞〕-더라도 例 읽더라도, 예쁘더라도 如果表達已經發生的事情或正在發生的事情時使用這個文法，是個病句。 例 볼펜이 없어졌는데 찾더라도 없어요. (X) 나라 씨는 키가 작더라도 농구를 잘해요. (X)

文法練習

Q 請完成以下對話。

1) 가: 저 내일 고향에 돌아가요.

   나: _____

   (고향에 돌아가다 / 자주 연락하다)

2) 가: 요즘 발표 준비 때문에 너무 힘들어요.

   나: _____

   (힘들다 / 끝까지 하다)

3) 가: _____

   (배가 고프다 / 조금만 참다)

   나: 네, 기다릴게요.

4) 가: 내일 모임에 조금 늦을 것 같아요.

   나: _____

   (늦다 / 꼭 오다)

解答

★ 注意事項（P.180）
1) 可以   2) 可以

★ 文法練習（P.183）
1) 고향에 돌아가더라도 자주 연락하세요.
2) 힘들더라도 끝까지 해야 해요.
3) 배가 고프더라도 조금만 참으세요.
4) 늦더라도 꼭 오세요.

9

條件或假設

01 動形-(으)면, 名(이)면 ★★★

02 動-ㄴ/는다면, 形-다면, 名(이)라면 ★★

03 動形-거든 ★★

04 動形-았/었/였더라면,
   名이었더라면/였더라면 ★★

05 動-기만 하면 ★★

06 動-다가 보면 ★★

07 動-다가는 ★★

08 動-는 한 ★

01 動 形 -(으)면
名 (이)면

제이슨　방학이 **되면** 뭐 하고 싶어요?
유　라　**방학하면** 친구랑 같이 바다를 보러 갈 거예요.
제이슨　어디로 갈 거예요?
유　라　부산에 갈 거예요. 부산에 **가면** 바다도 볼 수 있고 맛있는 회도 먹을 수 있거든요.
제이슨　그렇군요. 저는 부산에 가 본 적이 없어요. 한국어 공부가 **끝나면** 가 보려고 해요.

意義

● 表條件、假設的文法。

傑森　　放假的話你想做什麼？
幼蘿　　放假的話，我想跟朋友一起去看海。
傑森　　你要去哪個海邊？
幼蘿　　要去釜山。去釜山的話，可以看到漂亮的大海，還吃得到美味的生魚片。
傑森　　原來如此。我沒去過釜山，我想韓語課程結束後再去。

其他例句

숙제를 다 했으면 선생님에게 내세요.
作業如果都做好了,請交給老師。

돈이 많으면 해외여행을 가고 싶어요.
如果我有很多錢,我想去海外旅行。

여기에 안 왔으면 윤오 씨도 못 만났을 거예요.
如果我沒有來這裡,就遇不到(允吾)你了。

수업이 끝나면 연락하세요. 같이 차를 마시러 가요.
下課後請聯絡我,我們一起去喝杯茶吧。

유라 씨를 만나면 서점 앞에서 기다린다고 이야기해 주세요.
如果你見到幼蘿的話,請告訴她,我在書店前面等待。

박물관에 가면 역사도 알 수 있고 재미있는 체험도 할 수 있어요.
如果去博物館,不僅可以認識歷史,還可有有趣的體驗。

注意事項

Q 請看上方例句,思考使用這個表現時該注意哪些地方。然後閱讀下列句子,並圈選正確答案。(解答參考P.188)

1)「-(으)면」前面(可以/不可以)接動詞跟形容詞。

2)「-(으)면」前面(可以/不可以)接表過去的「-았/었-」。

3)「-(으)면」後面大多(可以/不可以)接過去時制。

> **補充**

● 「-(으)면」表示「為了做某件事的必要條件」，或「假設尚未發生的事情」。

● 「-(으)면」的形態變化如下。

	-(으)면		-(으)면
가다	가면	많다	많으면
먹다	먹으면	바쁘다	바쁘면
공부하다	공부하면	재미있다	재미있으면
듣다	들으면	어렵다	어려우면
짓다	지으면	멀다	멀면
부르다	부르면	하얗다	하야면
살다	살면		

● 假設過去的情況時，「-(으)면」前面使用表過去的形態。假如前面使用「-았/었으면」，那麼後面也要一起使用表過去的「-았/었을 거예요」。

例 내가 그 사실을 말했으면 네가 화를 냈을 거야.
假如我告訴了你真相，你一定會氣壞了。

文法練習

Q 請用一句話連結下列句子。

1) 많이 힘들다 / 말하다

→ _____

2) 제주도에 가다 / 꼭 한라산에 가다

→ _____

3) 100만원이 생기다 / 유럽으로 여행가다

→ _____

4) 열심히 공부하다 / 시험에 합격하다

→ _____

解答

★ 注意事項（P.186）
1) 可以　2) 可以　3) 不可以

★ 文法練習（P.188）
1) 많이 힘들면 말하세요.
2) 제주도에 가면 꼭 한라산에 갈 거예요.
3) 100만원이 생기면 유럽으로 여행가고 싶어요.
4) 열심히 공부하면 시험에 합격할 거예요.

02 動 -ㄴ/는다면
形 -다면
名 (이)라면

유라　윤오 씨, 만약에 복권에 당첨된다면 뭘 하고 싶어요?

윤오　만약 복권에 당첨된다면 우선 은행에 조금 저금할 거예요. 그리고 유럽으로 한달 동안 여행을 갈 거예요. 유라 씨는요?

유라　저는 그 돈으로 예쁜 커피숍을 열고 싶어요. 그리고 거기에서 외국인들에게 한국어를 가르쳐 주고 싶어요.

윤오　한국어를 가르쳐 주는 커피숍요? 그런 커피숍이 생긴다면 좋을 것 같아요.

유라　물론 복권에 당첨되는 일이 아주 어렵지만 상상만 해도 즐겁네요.

意義

● 表假設。

幼蘿　允吾，假如你中彩券，你想做什麼？
允吾　如果我中彩券，我會先在銀行存點錢，然後去歐洲旅行一個月。幼蘿你呢？
幼蘿　我想用那筆錢開一家漂亮的咖啡廳，然後在咖啡廳裡教外國人韓語。
允吾　教韓語的咖啡廳嗎？如果有那樣的咖啡廳應該很不錯。
幼蘿　雖然要中彩券這件事非常難，但是光用想的就很開心。

其他例句

그 파티에 안 갔다면 많이 후회했을 거예요.
如果我沒有去那場派對，我一定會很後悔。

제가 여자라면 예쁜 치마를 입어보고 싶어요.
如果我是女人，我想穿漂亮的裙子。

지금 유학을 안 왔다면 고향에서 취직했을 거예요.
假如我現在沒有來留學，我已經在老家就業了。

이 회사에 취직된다면 최선을 다해서 일하겠습니다.
如果我能進入這家公司，我一定會努力工作。

타임머신이 있다면 50년 후로 가서 내가 어떤 모습인지 볼 것이다.
如果有時光機，我想去五十年後看看自己是什麼模樣。

만약에 유명한 가수를 만난다면 입고 있는 옷에 사인을 받을 거예요.
如果遇到知名歌手，我會用我身上穿著的那件衣服去跟對方要簽名。

❗注意事項

Q 請看上方例句，思考使用這個表現時該注意哪些地方。然後閱讀下列句子，並圈選正確答案。（解答參考P.193）

1) 「-다면」前面（可以／不可以）接動詞跟形容詞。

2) 「-다면」前面（可以／不可以）接表過去的「-았／었-」。

補充

● 「-ㄴ/는다면」是表假設,如果與「만약에」、「만일에」一起使用,有假設事情發生可能性很低的意味。

例 만약에 여름에 눈이 온다면 재미있을 것 같아요.
假如夏天下雪,應該會很有趣。

● 「-다면」的形態變化如下。

	-ㄴ/는다면		-다면
가다	간다면	많다	많다면
먹다	먹는다면	바쁘다	바쁘다면
공부하다	공부한다면	재미있다	재미있다면
듣다	듣는다면	어렵다	어렵다면
짓다	짓는다면	멀다	멀다면
부르다	부른다면	하얗다	하얗다면
살다	산다면		

相似文法比較

	-(으)면	-다면
意義	條件、假設	假設
注意	〔動詞〕〔形容詞〕- (으) 면 例 가면, 읽으면, 예쁘면, 좋으면	〔動詞〕-ㄴ/는 다면 〔形容詞〕-다면 例 간다면, 읽는다면, 예쁘다면, 좋다면
	-(으)면 + -았/었어요 (?) 例 바쁘면 쉬었어요. (?) 　　돈이 많으면 여행 갔어요. (?)	-(ㄴ/는)다면 + -았/었어요 (?) 例 일이 힘들다면 그만두었어요. (?) 　　공부한다면 성공했어요. (?)
		多用於事情實現的可能性更小，或是假設非事實的事情。 例 슈퍼맨이 된다면 세계평화를 위해 싸울 거예요. 如果我成為超人，我會為了世界和平而戰。 　　내가 너라면 거기에 갈 거야. 假如我是你，我會去那裡的。

文法練習

Q 請完成以下對話。

1) 가: 한국 사람처럼 한국어를 잘하면 무엇을 하고 싶어요?

　　나: _____

2) 가: 만약에 투명인간이 되면 무엇을 할 거예요?

　　나: _____

3) 가: 복권에 당첨되면 무엇을 할 거예요?

　　나: _____

4) 가: 과거로 갈 수 있다면 언제로 가고 싶어요?

　　나: _____

★ 注意事項（P.190）
1) 可以　2) 可以

★ 文法練習（P.193）
1) 한국 사람처럼 한국어를 잘한다면 한국어 선생님이 되고 싶어요.
2) 제가 투명인간이라면 지금 제 여자 친구가 뭐 하는지 보러 갈 거예요.
3) 만약에 복권에 당첨된다면 세계 여행을 하고 싶어요.
4) 만약에 과거로 갈 수 可以면 5년 전으로 가고 싶어요.

03 動形-거든　中級

사장　김 비서, 식사 중에 미안해요. 식사를 **마치거든** 제 방으로 오세요.
비서　네, 알겠습니다. 사장님.
사장　아, 그리고 김 비서. 저를 찾는 전화가 **오거든** 회의 중이라고 이야기해 주세요.
비서　네. 알겠습니다. 또 시키실 일 없으십니까?
사장　지금은 없어요. 일이 있으면 이야기할게요.

意義

● 表條件或假設。

社長　金秘書，抱歉打擾你用餐。請你用餐完來我辦公室一趟。
秘書　好的，我知道了，社長。
社長　啊，還有，金秘書，如果有找我的電話，就說我正在開會。
秘書　好的，我知道了。您還有其他的交辦事項嗎？
社長　目前沒有，如果有事我會跟你說。

其他例句

이번 일이 끝나거든 회식을 합시다.
這次工作結束的話,我們聚個餐吧。

날씨가 좋거든 같이 공원에 갑시다.
假如天氣好,一起去公園吧。

그 사람이 오거든 출발하도록 합시다.
他來了的話,我們就出發吧。

우편물이 도착하거든 책상 위에 두세요.
如果有郵件送到,請放在桌上。

나나 씨를 만나거든 안부를 전해 주세요.
如果你有遇到娜娜,請幫我跟他問好。

! 注意事項

Q 請看上方例句,思考使用這個表現時該注意哪些地方。然後閱讀下列句子,並圈選正確答案。(解答參考P.197)

1) 「-거든」前面(可以／不可以)接形容詞。

2) 「-거든」前面(可以／不可以)接表過去的「-았／었-」。

3) 「-거든」後面(可以／不可以)接「-(으)세요」、「-(으)ㅂ시다」。

補充

- 「-거든」表示「假如某件事情是真的、假如某件事情成真」之意。用於表示假如「-거든」前面的內容（表條件、假設的事情）實現的話，就做後面這件事情，或提議對方做某件事情。

- 「-거든」的形態變化如下。

	-거든		-거든
가다	가거든	많다	많거든
먹다	먹거든	바쁘다	바쁘거든
공부하다	공부하거든	재미있다	재미있거든
듣다	듣거든	어렵다	어렵거든
짓다	짓거든	멀다	멀거든
부르다	부르거든	하얗다	하얗거든
놀다	놀거든		

- 「-거든」後面主要接「-(으)세요」、「-(으)ㅂ시다」等。因此主要用於命令、提議、請託等狀況。

- 「-거든」跟「-거든요」是完全不一樣的。「-거든」用於連接句子，表條件；「-거든요」是句子結束時使用，用來說明聽者不知道的狀況。「-거든요」主要用來說明原因，可以用於陳述聽者不知道的原因，或開始談論聽者不曉得的事情。（-거든요請參考P.46）

  例 오늘은 일찍 집에 가야 해요. 손님이 오셨거든요.
  今天必須早點回家，因為來了客人。
  내일 같이 영화 보러 못 갈 것 같아. 모레 시험이 있거든.
  我明天好像不能跟你一起去看電影，因為後天有考試。

文法練習

Q 請用一句話連接並完成句子。

1) 아이가 울다 / 우유를 먹이다

→ _____

2) 날씨가 맑다 / 산책하다

→ _____

3) 윤오 씨가 오다 / 이 책을 전해 주다

→ _____

4) 숙제를 다 하다 / 이야기하다

→ _____

解答

★ 注意事項（P.195）
1) 可以　2) 不可以　3) 可以

★ 文法練習（P.197）
1) 아이가 울거든 우유를 먹이세요.
2) 날씨가 맑거든 산책합시다.
3) 윤오 씨가 오거든 이 책을 전해 주세요.
4) 숙제를 다 하거든 이야기하세요.

相似文法比較

	-(으)면	-거든
意義	條件、假設	條件、假設
注意	〔動詞〕〔形容詞〕-(으)면 例 읽으면, 좋아하면, 좋으면, 예쁘면 -(으)면 + -고 싶어요 -(으)ㄹ 거예요 -(으)세요 -(으)ㅂ시다 例 힘들면 쉬세요. 如果累的話，請休息。 돈이 많으면 여행 가고 싶어요. 如果有很多錢，想要去旅行。 1000만원이 생기면 해외로 여행 갈 거예요. 如果我有一千萬，我要去海外旅行。	〔動詞〕〔形容詞〕-거든 例 읽거든, 좋아하거든, 좋거든, 예쁘거든 -거든 + -(으)세요 -(으)ㅂ시다 例 힘들거든 쉬세요. 如果累的話，請休息。 날씨가 좋거든 공원에 갑시다. 天氣好的話，我們去公園吧。 1000만원이 생기거든 해외로 여행 갈 거예요. (?) 「-거든」常用於實際比較有可能發生的事情。不太會用於「如果可以變成透明人」這種純假設的狀況。

04 動形-았/었/였더라면
名이었더라면/였더라면

윤오　유라 씨, 오늘 약속 잊지 않았지요?

유라　아, 맞아요. 오늘 약속이 있었지요?
　　　윤오 씨가 말해 주지 않았더라면 깜빡할 뻔했네요.
　　　고마워요. 그런데 오늘 날씨가 좀 춥고 비도 오네요.

윤오　그러게요. 날씨가 맑았더라면 좋았을 텐데요.

유라　네. 비가 오고 추우니까 집에 그냥 있고 싶어지네요.

윤오　저도요. 하지만 이미 약속한 것이니까 같이 가요.

意義

● 用來對過去已經發生的事情表示假設。

允吾　幼蘿, 你沒忘了今天的約會吧?
幼蘿　啊, 對耶。今天有約對吧? 如果你沒有提醒我, 我差點就忘了。謝啦。不過, 今天天氣有點冷, 還下雨。
允吾　是啊。要是天氣晴朗就好了。
幼蘿　是啊, 下雨好冷, 讓我好想待在家裡。
允吾　我也是。但已經約好了, 我們一起去吧。

其他例句

이번 공연에 갔더라면 정말 재미있었을 텐데.
如果我有去看這次的表演,一定會很有趣。

키가 조금만 더 컸더라면 농구 선수가 되었을 거예요.
假如果我身高再高一點,就可以當籃球選手了。

열심히 공부했더라면 가고 싶은 학교에 입학했을 텐데.
如果我認真念書的話,就已經上了自己想讀的大學了。

유라 씨를 만나지 못했더라면 한국 생활이 힘들었을 거예요.
假如果沒有遇到幼蘿,我的韓國生活一定會很辛苦。

고향에 가는 표를 미리 예매하지 않았더라면 고향에 못 갈 뻔했어요.
假如我沒有事先買回老家的車票,差點就回不去了。

❗ 注意事項

Q 請看上方例句,思考使用這個表現時該注意哪些地方。然後閱讀下列句子,並圈選正確答案。(解答參考P.202)

1) 「-았/었더라면」前面(可以/不可以)接動詞跟形容詞。

2) 「-았/었더라면」前面也(可以/不可以)接「-지 않다」、「-지 못하다」。

補充

- 對已經發生的事情做相反假設,以「-았/었더라면 -았/었을 거예요」的形態表示。

- 也可用於對已經結束的事情表示惋惜或後悔。

- 「-았/었더라면」的形態變化如下。

	-았/었더라면		-았/었더라면
가다	갔더라면	많다	많았더라면
먹다	먹었더라면	바쁘다	바빴더라면
공부하다	공부했더라면	재미있다	재미있었더라면
듣다	들었더라면	어렵다	어려웠더라면
짓다	지었더라면	멀다	멀었더라면
부르다	불렀더라면	하얗다	하얬더라면
살다	살았더라면		

- 若使用「-았/었더라면 -았/었을 텐데」的形態,有表示對已經發生的事做相反假設,並有惋惜的意思。
  例 밥을 먹고 왔더라면 좋았을 텐데.
  要是吃了飯再來就好了。

- 若是「-았/었더라면 -(으)ㄹ 뻔했다」的形態,表示對已經發生的事有相反假設,同時有慶幸之意。
  例 유라 씨가 말해 주지 않았더라면 그 일을 잊어버릴 뻔했어요.
  如果幼蘿不告訴我,我差點就忘了那件事。

文法練習

Q 請用一句話連接並完成句子。

1) 열심히 공부를 안 했다. 그래서 시험을 잘 못 봤다.

   → _____

2) 우산을 가지고 오지 않았다. 그래서 비를 맞았다.

   → _____

3) 윤오 씨가 도와주었다. 그래서 일을 끝냈다.

   → _____

4) 일찍 출발하지 않았다. 그래서 늦었다.

   → _____

解答

★ 注意事項（P.200）
1) 可以   2) 可以

★ 文法練習（P.202）
1) 열심히 공부를 했더라면 시험을 잘 봤을 텐데.
2) 우산을 가지고 왔더라면 비를 맞지 않았을 텐데.
3) 윤오 씨가 도와주지 않았더라면 일을 끝내지 못했을 거예요.
4) 일찍 출발했더라면 늦지 않았을 거예요.

05 動-기만 하면

中級

윤오 유라 씨, 왜 그래요? 무슨 일 있어요?
유라 배가 좀 아파요. 우유를 마시기만 하면 배가 아파서요.
윤오 그래요? 병원에 가는 게 좋겠어요.
유라 좀 있으면 괜찮아질 거예요. 저는 우유가 안 맞는 것 같아요.
윤오 그렇군요. 제 친구는 오이를 먹기만 하면 배가 아프다고 해요.
유라 그 친구도 음식을 먹을 때 조심해야겠네요.

意義

● 有「假如發生某種行為或狀況，一定⋯」之意，表條件。

允吾 幼蘿，你怎麼了？發生什麼事情了嗎？
幼蘿 我肚子有點痛。我只要喝牛奶就會肚子痛。
允吾 是喔？你最好去看醫生。
幼蘿 等等就沒事了，牛奶大概不適合我。
允吾 原來如此，我朋友說他只要吃小黃瓜就會肚子痛。
幼蘿 那位朋友吃東西的時候也得小心點呢。

9. 條件或假設　203

其他例句

내 친구는 술을 마시기만 하면 잔다.
我朋友只要喝酒就會睡覺。

태오 씨와 나나 씨는 만나기만 하면 싸우네요.
泰吾跟娜娜只要碰面就會吵架。

그 친구는 나를 보기만 하면 돈을 빌려 달라고 해요.
那位朋友只要看到我就開口跟我借錢。

그 공원에 가기만 하면 그 사람과의 추억이 떠올라서 눈물이 난다.
我只要去那座公園,跟他的回憶就浮現在眼前,就哭了。

우리 아이는 옆집 아저씨를 보기만 하면 울어서 곤란할 때가 많아요.
我家孩子只要看到隔壁大叔就會哭,常常令我為難。

⚠ 注意事項

Q 請看上方例句,思考使用這個表現時該注意哪些地方。然後閱讀下列句子,並圈選正確答案。(解答參考P.206)

1) 「-기만 하면」前面大多接(動詞／形容詞)。

2) 「-기만 하면」前後的主語大多(相同／不同)。

3) 「-기만 하면」後面(可以／不可以)經常接過去時制。

補充

- 「-기만 하면」表示「如果有某件事,就一定會有後面的結果」。

- 「-기만 하면」的形態變化如下。

	-기만 하면
가다	가기만 하면
먹다	먹기만 하면
듣다	듣기만 하면
짓다	짓기만 하면
부르다	부르기만 하면
시작하다	시작하기만 하면

- 〔動詞〕〔形容詞〕-기만 하면 되다 有「只要有前面的狀態或行動就可以;只須要那個」之意。

  例 다른 숙제는 다 했고 이제 단어의 뜻을 찾기만 하면 된다.
  其他作業都做完了,現在只要查單字的意思就可以了。
  자동차는 디자인도 중요하다고 하지만 내 생각에는 튼튼하기만 하면 된다고 생각한다.
  汽車的設計雖說也很重要,但我覺得只要堅實就行了。

文法練習

Q 請用一句話連接並完成句子。

1) 유라 씨는 새로운 디자인의 가방을 보다 / 사고 싶어 하다
   → _____

2) 나나 씨는 술을 마시다 / 울다
   → _____

3) 요즘은 먹다 / 살이 찌는 것 같다
   → _____

解答

★ 注意事項（P.204）
1) 動詞　2) 相同　3) 不可以

★ 文法練習（P.206）
1) 유라 씨는 새로운 디자인의 가방을 보기만 하면 사고 싶어 한다.
2) 나나 씨는 술을 마시기만 하면 운다.
3) 요즘은 먹기만 하면 살이 찌는 것 같아요.

06 動-다(가) 보면

유라　케빈 씨, 무슨 일 있어요? 얼굴이 안 좋아 보여요.

케빈　아무 일도 없어요. 그냥 좀 우울해요.

유라　왜요?

케빈　한국에 온 지 일 년이 다 되어 가는데 한국 음식이 아직도 입에 잘 안 맞아서 힘들어요.

유라　그래요? 그래도 먹어 보세요. 매일 먹다 보면 익숙해질 거예요.

케빈　그리고 한국어가 많이 느는 것 같지 않아요. 공부도 너무 힘들고 그냥 포기하고 싶어요.

유라　그래도 열심히 공부하다 보면 잘하게 될 거예요. 힘을 내세요.

意義

● 表條件，意思是「如果前面的事情持續反覆，將會有後面的結果」。

幼蘿　凱文，你怎麼了？臉色看起來不太好。

凱文　沒什麼事，只是覺得有點憂鬱。

幼蘿　怎麼了？

凱文　我來韓國已經一年了，但食物還是不合胃口，好累。

幼蘿　這樣啊？但還是試著吃一點吧。每天吃的話，就會習慣的。

凱文　而且，我覺得我的韓語沒有進步很多。學得太累了，想乾脆放棄算了。

幼蘿　但只要你認真學，就會越來越好的。加油。

其他例句

매일 꾸준히 운동하다 보면 살이 빠질 거예요.
如果每天持續運動就會瘦下來。

열심히 살다 보면 언젠가 성공하는 날이 올 거예요.
如果努力生活，總有一天成功將會到來。

좀 어려운 것 같지만 설명을 듣다 보면 이해하게 될 거예요.
雖然有點難，但只要聽解說就會理解的。

발음은 고치기 쉽지 않지만 열심히 연습하다가 보면 좋아질 거예요.
雖然發音不容易改，但只要努力練習就會越來越好。

처음에는 힘들지만 그 일을 계속 하다 보면 잘할 수 있는 방법을 알게 될 거예요.
雖然起初會有點辛苦，但只要繼續做那件事，就會知道做好它的方法。

注意事項

Q 請看上方例句，思考使用這個表現時該注意哪些地方。然後閱讀下列句子，並圈選正確答案。（解答參考P.210）

1) 「-다가 보면」前面（可以／不可以）接形容詞。

2) 「-다가 보면」前面（可以／不可以）接表過去的「-았/었-」。

3) 「-다가 보면」（可以／不可以）簡寫為「-다 보면」。

4) 「-다가 보면」後面（可以／不可以）接過去時制。

補充

- 「-다 (가) 보면」有「繼續做前面的行為或該狀態持續的話,就會變成後面的狀態,或是就會知道將會到來的結果」。

- 常用於「向對方提出建言的情境」,常使用「-다 (가) 보면 -(으) ㄹ 수 있어요」、「-다 (가) 보면 -(으) ㄹ 거예요」的形態。

- 「-다 (가) 보면」的形態變化如下。

	-다 보면
가다	가다 보면
먹다	먹다 보면
듣다	듣다 보면
짓다	짓다 보면
부르다	부르다 보면
공부하다	공부하다 보면

文法練習

Q 請用一句話連接並完成句子。

1) 열심히 노력하다 / 성공하다

   →

2) 김치를 매일 먹다 / 그 맛에 익숙해지다

   →

3) 열심히 살다 / 좋은 날이 오다

   →

4) 열심히 일하다 / 승진하다

   →

解答

★ 注意事項（P.208）
1) 不可以　2) 不可以　3) 可以　4) 不可以

★ 文法練習（P.210）
1) 열심히 노력하다 보면 성공할 거예요.
2) 김치를 매일 먹다가 보면 그 맛에 익숙해질 거예요.
3) 열심히 살다가 보면 좋은 날이 올 거예요.
4) 열심히 일하다 보면 승진할 거예요.

07 動-다가는

엄마 아들, 피아노 연습 좀 해. 그렇게 연습을 안 **하다가는** 이번 대회에서 1등하지 못할 거야.
아들 네, 알겠어요. 매일 연습하고 있어요.
엄마 그리고 그만 놀고 공부 좀 해.
　　　그렇게 **놀다가는** 학교 시험에서도 떨어질 거야.
아들 네, 이제 공부할 거예요.
엄마 엄마가 잔소리한다고 생각하지 마. 네가 걱정되어서 하는 말이니까.

意義

● 這是「如果持續前面這件事情，就會發生不好的結果」，表條件。

媽媽　兒子，練一下鋼琴吧，你這樣疏於練習，這次比賽拿不到第一名的。
兒子　好，知道了。我每天都有練。
媽媽　還有，別再玩了，讀點書。你這樣玩下去，學校考試會考砸的。
兒子　好，我現在就念書。
媽媽　別覺得媽媽嘮叨，是因為擔心你才念你的。

其他例句

그렇게 굶다가는 병에 걸리게 될 거예요.
再那樣餓下去會生病的。

매일 그렇게 게임만 하다가는 시험에 떨어질 거야.
每天都那樣只顧著打遊戲，考試會考砸的。

그렇게 발표 준비를 안 하다가는 발표를 망칠 거예요.
像那樣不準備報告，發表會開天窗的。

돈을 그렇게 낭비하다가는 이번 달 용돈이 모자랄 거야.
像那樣浪費錢的話，這個月零用錢會不夠的。

담배를 끊지 않고 계속 피우다가는 건강이 나빠질 거예요.
不戒菸繼續抽的話，健康會惡化的。

注意事項

Q 請看上方例句，思考使用這個表現時該注意哪些地方。然後閱讀下列句子，並圈選正確答案。（解答參考P.214）

1) 「-다가는」後面大多（會接／不會接）未來時制。

2) 「-다가는」前面（可以／不可以）接「안」。

3) 「-다가는」後面（可以／不可以）接「-(으)세요」、「-(으)ㅂ시다」。

補充

- 「-다가는」有「如果繼續的話」之意,用於表示「如果前面的狀況持續下去,就會帶來負面結果」等的警告狀況。

- 經常與「이렇게」、「그렇게」、「저렇게」一起使用。

- 形態變化如下。

	-다가는
가다	가다가는
먹다	먹다가는
듣다	듣다가는
짓다	짓다가는
부르다	부르다가는
놀다	놀다가는

相似文法比較

	-다가 보면	-다가는
意義	條件	條件
注意	〔動詞〕-다가 보면 例 읽다가 보면, 가다가 보면 -다가 보면 + 긍정적 결과, 부정적 결과 例 열심히 공부하다가 보면 시험을 잘 볼 수 있을 거예요. 如果努力念書,考試就會考得好。 어두운 곳에서 스마트폰을 계속하다 보면 눈이 나빠질 수도 있어요. 如果在漆黑的地方一直看手機,眼睛有可能會變差。	〔動詞〕-다가는 例 읽다가는, 가다가는 -다가는 + 부정적 결과 例 매일 놀다가는 시험에 떨어질 거예요. 每天顧著玩,考試會考砸的。

文法練習

Q 請用一句話連接並完成句子。

1) 그렇게 안 먹다 / 병이 나다

   →

2) 어두운 곳에서 스마트폰을 보다 / 눈이 나빠지다

   →

3) 매일 텔레비전만 보다 / 시험 성적이 떨어지다

   →

4) 부모님 말씀을 안 듣고 놀다 / 후회하다

   →

★ 注意事項（P.212）
1) 會接   2) 可以   3) 不可以

★ 文法練習（P.214）
1) 그렇게 안 먹다가는 병이 날 거예요.
2) 어두운 곳에서 스마트폰을 보다가는 눈이 나빠질 거예요.
3) 매일 텔레비전만 보다가는 시험 성적이 떨어질 거예요.
4) 부모님 말씀을 안 듣고 놀다가는 후회할 거예요.

08　動-는 한　　高級

date. 20**년 8월 11일

한국에서 유학 생활을 하면서 어려운 일도 많았다.

하지만 날 믿고 응원해 주는 사람들이 있기에 그 어려움도 즐길 수 있었다.

이렇게 내 곁에 소중한 사람들이 있는 한 난 성공할 수 있을 것이다.

나를 사랑하고 믿어주는 사람들이 있는 한 포기하지 않을 것이다.

어렵고 힘들더라도 이 시간을 즐겨야겠다.

意義

- 表示後面出現的情形或狀態的前提、條件。

- 日期　20**年8月11日／我在韓國留學，也有很多艱苦的事。但是因為有相信我，替我加油打氣的人，所以那份不易我也得以享受。因為我身邊有這麼多珍貴的人，所以我有自信會成功。也因為有這些愛著我、相信我的人，所以我不會放棄。即使艱辛，我也要享受這段時光。

其他例句

돈을 그렇게 낭비하는 한 돈을 모으기는 어려울 거예요.
如果像那樣浪費錢，會很難存錢。

포기하지 않고 계속 노력하는 한 성공할 수 있을 것이다.
如果不放棄，繼續努力，就有可能會成功。

아버지께서 허락하시지 않는 한 결혼하기 어려울 것 같아요.
在父親未准許的情況下似乎很難結婚。

도와주는 사람들이 없는 한 이 과제를 마무리 지을 수 없을 것 같다.
在沒有人幫助的情況下，這項作業似乎難以完成。

아름다운 세상을 만들기 위해 노력하는 사람들이 있는 한 이 세상은 더 아름다워질 거예요.
有為了打造美麗世界而努力的人，這個世界就會變得更美。

注意事項

Q 請看上方例句，思考使用這個表現時該注意哪些地方。然後閱讀下列句子，並圈選正確答案。（解答參考P.218）

1)「-는 한」前後（可以／不可以）接不同主語。

2)「-는 한」後面（可以／不可以）接「-(으)세요」、「-(으)ㅂ시다」。

3)「-는 한」後面（可以／不可以）接過去時制。

補充

- 「-는 한」主要接動詞後,表示為了實現後面的情況,所須的前提或條件。

- 形態變化如下。

	-는 한
가다	가는 한
먹다	먹는 한
공부하다	공부하는 한
듣다	듣는 한
짓다	짓는 한
부르다	부르는 한
살다	사는 한

文法練習

Q 請用一句話連接並完成句子。

1) 열심히 공부하다 / 성공하다

   →_____

2) 포기하지 않다 / 꿈을 이루다

   →_____

3) 담배를 끊지 않다 / 건강이 더 나빠지다

   →_____

4) 사랑하는 사람과 함께 있다 / 어려움을 이길 수 있다

   →_____

解答

★ 注意事項（P.216）
1) 可以　2) 不可以　3) 不可以

★ 文法練習（P.218）
1) 열심히 공부하는 한 성공할 것이다.
2) 포기하지 않는 한 꿈을 이룰 거예요.
3) 담배를 끊지 않는 한 건강이 더 나빠질 거예요.
4) 사랑하는 사람과 함께 있는 한 어려움을 이길 수 있어요.

10

使動

01 使動詞 ★★

02 動-게 하다 ★★

01 使動詞

中級

남편　윤서는 일어났어요? 약속 시간이 다 되었어요.
　　　제가 **깨울까요?**
아내　아까 **깨웠는데** 다시 자는 것 같아요. 제가 다시 **깨울게요**.
남편　그리고 오늘은 중요한 날이니까 깨끗하게 **씻기고** 예쁜 옷을 **입히는** 게 좋겠지요?
아내　네. 먼저 밥을 **먹이고요**. 그런데 윤서가 열이 좀 나네요.
　　　병원에 가서 주사를 **맞혀야** 할 것 같아요.
남편　그래요? 빨리 병원에 갑시다.

意義

● 使動是「主語親自對目的語做某種行為」、「主語讓目的語做某種行為」的意思。

丈夫　允書起來了嗎？約定的時間都快到了，我去叫她起床？
妻子　剛剛叫她了，大概又睡著了。我再去叫一次。
丈夫　而且今天是重要的日子，讓她洗漱乾淨，打扮得漂漂亮亮的會比較好吧？
妻子　是，我先餵她吃飯。不過允書好像有點發燒，感覺得去醫院打針。
丈夫　是嗎？那我們快點去醫院吧。

其他例句

선생님은 학생들에게 책을 **읽혔다**.
老師讓學生們讀書。

지난주에 **맡긴** 제 양복을 찾으러 왔어요.
我來拿上週拜託你們的西裝。

아이 손이 더러워서 엄마는 아이의 손을 **씻겼다**.
孩子的手髒了，媽媽幫孩子洗手。

오빠는 할머니 앞에 차를 **세우고** 할머니를 차에 **태웠다**.
哥哥把車子停在奶奶面前，載奶奶。

아이를 **재웠어요**? 아이가 잠이 들었으니까 침대에 **눕혀 주세요**.
哄孩子睡了嗎？既然孩子睡著了，請讓他躺在床上。

注意事項

Q 請看上方例句，思考使用這個表現時該注意哪些地方。然後閱讀下列句子，並圈選正確答案。（解答參考P.225）

1) 使動詞前面（可以／不可以）接「名詞을／를」。
2) 使動詞後面（可以／不可以）接「-아／어 주다」。

補充

● 使動詞是在動詞語幹接「-이-」、「-히-」、「-리-」、「-기-」、「-우-」，把動詞改為使動詞，常用使動詞如下。

動詞	使動動詞 (-이-)	-아/어요	例句
보다	보이다	보여요	여권을 보여 주세요. 請出示護照。
먹다	먹이다	먹여요	엄마가 아기에게 밥을 먹여요. 媽媽餵孩子吃飯。
죽다	죽이다	죽여요	어젯밤에 제가 모기를 죽였어요. 我昨晚殺死蚊子。
끓다	끓이다	끓여요	배가 고프니까 라면을 끓여서 먹을까요? 肚子餓，要不要煮泡麵來吃？
붙다	붙이다	붙여요	서류에 사진을 붙여야 합니다. 得在資料上貼照片。
끝나다	끝내다	끝내요	오늘 수업을 끝내겠습니다. 今天的課到此結束。

動詞	使動動詞 (-히-)	-아/어요	例句
앉다	앉히다	앉혀요	할머니를 의자에 앉혀 드렸다. 讓奶奶坐在椅子上。
눕다	눕히다	눕혀요	아기가 자서 침대에 아기를 눕혔어요. 孩子睡著了，所以讓孩子躺在床上。
맞다	맞히다	맞혀요	감기가 유행이니까 아이에게 주사를 맞혀야 해요. 感冒在流行，所以必須給孩子打預防針。
읽다	읽히다	읽혀요	아이들이 어렸을 때부터 책을 많이 읽혀야 해요. 必須從小就讓孩子們多讀書。

| 입다 | 입히다 | 입혀요 | 추우니까 아이에게 따뜻한 옷을 입혀 주세요.
天氣冷，請讓孩子穿暖和點。 |

動詞	使動動詞		例句
	(-리-)	-아/어요	
울다	울리다	울려요	아기를 울리지 마세요. 別弄哭讓孩子。
돌다	돌리다	돌려요	저는 볼펜을 돌리는 습관이 있어요. 我有轉筆的習慣。
살다	살리다	살려요	살려 주세요. 救命！
알다	알리다	알려요	친구들에게 그 사실을 알려 주세요. 請告訴朋友那項事實。

動詞	使動動詞		例句
	(-기-)	-아/어요	
벗다	벗기다	벗겨요	아기 옷이 더러워졌으니까 벗기고 다른 옷으로 갈아입히세요. 孩子的衣服很髒，請幫他脫掉換一件。
신다	신기다	신겨요	아이에게 이 신발을 신겨 주세요. 請讓孩子穿這雙鞋。
감다	감기다	감겨요	엄마가 딸의 머리를 감기고 있어요. 媽媽正在幫女兒洗頭。
웃다	웃기다	웃겨요	윤오 씨는 항상 친구들을 웃겨요. 允吾總是逗朋友開心。
맡다	맡기다	맡겨요	윤오 씨는 꼼꼼한 사람이니까 그 일을 맡겨도 될 거예요. 允吾是個細心的人，你可以把那件事交給他。
씻다	씻기다	씻겨요	엄마가 아이의 손을 씻겼어요. 媽媽幫孩子洗手。

動詞	使動動詞 (-우-)	使動動詞 -아/어요	例句
자다	재우다	재워요	벌써 11시네요. 아이들을 빨리 재워야겠어요. 已經十一點了呢，得快點哄孩子們睡覺。
서다	세우다	세워요	차를 여기에 세우시면 안 됩니다. 不可以在這裡停車。
쓰다	씌우다	씌워요	엄마가 딸에게 모자를 씌웠어요. 媽媽幫孩子戴帽子。
타다	태우다	태워요	서울역까지 저를 태워 주실 수 있어요? 可以載我到首爾車站嗎？
깨다	깨우다	깨워요	아침마다 아이를 깨우는 것이 정말 힘들다. 每天早上喊孩子起床真的很累。

文法練習

Q 請在下方選出正確選項並完成對話。

보기

씌우다　맡기다　깨우다　보이다

1) 가: 세탁소에 ＿＿＿＿＿＿ 옷 찾아 왔어요?
   나: 네. 저기에 걸어 두었어요.

2) 가: 윤오 씨 어렸을 때 사진이에요? 저 좀 ＿＿＿＿＿＿.
   나: 네. 여기 있어요.

3) 가: 햇빛이 뜨거우니까 아이에게 모자를 ＿＿＿＿＿＿ 게 좋겠어요.
   나: 그래요. 모자를 가지고 올게요.

4) 가: 벌써 8시네요. 여보, 유라 좀 ＿＿＿＿＿＿.
   나: 알겠어요.

解答

★ 注意事項（P.221）
1) 可以　2) 可以

★ 文法練習（P.225）
1) 맡긴　2) 보여 주세요　3) 씌우는　4) 깨워 주세요

02 動-게 하다

中級

아빠 선생님, 아이가 감기가 심해요. 목도 많이 아프다고 하고요.

의사 네. 목이 빨갛네요. 물을 많이 마시게 하세요. 그리고 너무 뛰지 못하게 하시고요.

아빠 주사를 맞으면 어떨까요?

의사 주사를 맞게 하면 좀 더 빨리 나을 수 있습니다.

아빠 그럼, 주사를 맞혀 주세요.

의사 네. 그리고 밖에 나가서 놀지 못하게 하세요. 찬 바람이 많이 부니까 감기가 심해질 수 있습니다.

아빠 네, 알겠습니다. 감사합니다.

意義

● 表主語讓目的語做某項行為。

爸爸 醫生,孩子感冒很嚴重,說他喉嚨很痛。
醫生 是,他的喉嚨很紅。請讓他多喝水,然後別讓他太蹦蹦跳跳的。
爸爸 可以打個針嗎?
醫生 如果打針會好得快一點。
爸爸 那麼,請幫他打針。
醫生 好,然後請別讓他去外面玩。外面風大,有可能會讓感冒加劇。
爸爸 好的,我知道了。謝謝您。

其他例句

아이가 여행 가고 싶어 하면 가게 하세요.
如果孩子想去旅行，就讓他去。

한국어 선생님이 학생들에게 한국어로 일기를 쓰게 했어요.
韓語老師讓學生用韓語寫日記。

우리 선생님은 항상 학생들에게 책을 큰 소리로 읽게 하신다.
我們老師總是讓學生大聲朗讀書上的內容。

건강에 나쁘니까 남자 친구에게 담배를 피우지 못하게 하는 게 좋아요.
抽菸對健康不好，最好讓妳男朋友戒菸。

우리 아버지께서는 제가 대학생이 된 후에도 혼자 여행을 못 가게 하셨어요.
即使我上大學了，我父親還是不讓我獨自去旅行。

⚠ 注意事項

Q 請看上方例句，思考使用這個表現時該注意哪些地方。然後閱讀下列句子，並圈選正確答案。（解答參考P.229）

1) 「-게 하다」前面（可以／不可以）接形容詞。

2) 「-게 하다」前面（可以／不可以）接「名詞을／를」。

3) 「-게 하다」後面（可以／不可以）接「-아／어 있다」。

> **補充**

- 「-게 하다」表使動，與動詞相結合，有「使令其他人做某件事」的意思。因此通常用於「主語間接讓目的語做某行動」的情形。

  例 엄마가 아이에게 옷을 입혀요. (엄마가 직접 함.)
  媽媽幫孩子穿衣服。（媽媽親自動手）
  엄마가 아이에게 옷을 입게 해요. (엄마가 직접 하는 것은 아님.)
  媽媽讓孩子把衣服穿好。（媽媽沒有親自動手）

- 「-게 하다」的形態變化如下。

	-게 하다
가다	가게 하다
먹다	먹게 하다
듣다	듣게 하다
부르다	부르게 하다

- 「-도록 하다」也跟「-게 하다」一樣，有「讓其他人做某項行為」的意思。

  例 어머니는 아이에게 손을 씻도록 하셨다.
  媽媽讓孩子洗手。

文法練習

Q 請活用文法並完成下列對話。

1) 가: 아이가 음료수만 많이 먹고 밥을 잘 안 먹는데 어떻게 하죠?

   나: _____

   (음료수를 못 먹다)

2) 가: 아이가 밤에 잠을 잘 못자요.

   나: 그럼, _____

   (조용한 음악을 듣다)

3) 가: 오늘 수업 시간에 재미있는 일이 있었어요?

   나: 친구가 큰 소리로 이야기해서 _____

   (선생님이 친구에게 노래를 부르다)

4) 가: 빨리 집에 가야 해요. _____

   (부모님께서 늦게 다니지 못하다)

   나: 네, 알겠어요. 빨리 집에 가세요.

★ 注意事項（P.227）
1) 不可以　　2) 可以　　3) 不可以

★ 文法練習（P.229）
1) 음료수를 못 먹게 하세요.
2) 조용한 음악을 듣게 하세요.
3) 선생님이 친구에게 노래를 부르게 했어요.
4) 부모님께서 늦게 다니지 못하게 하셔서요.

11 被動

01 被動詞 ★★

02 動-아/어/여지다 ★★

01 被動詞

나나 윤오 씨, 집에 초대해 주어서 고마워요. 집이 정말 예쁘네요. 전망도 좋은 것 같아요. 한강도 보이네요.

윤오 네. 한강에서 산책도 할 수 있어서 좋아요. 그런데 옆집에 사는 사람들 때문에 좀 불편해요.

나나 왜요?

윤오 매일 밤마다 싸우나 봐요. 싸우는 소리가 들려요. 그리고 가끔은 노래 소리도 들리고요. 정말 시끄러워요.

나나 가서 이야기해 봤어요?

윤오 해 봤지만 소용이 없었어요.

意義

● 被動用於因為其他人或其他狀況的緣故發生某件事情，然後因為那件事情而受到影響。

娜娜 允吾，謝謝你招待我來你家。你家真漂亮。景色感覺也很好，還看得到漢江耶。

允吾 是啊，還可以在漢江散步，滿好的。不過隔壁鄰居讓人有點困擾。

娜娜 怎麼了？

允吾 他們好像每晚都在吵架，我都聽到他們吵架的聲音。而且有時候也會聽到音樂聲，真的很吵。

娜娜 你有去跟他們反映過嗎？

允吾 說過了，但是沒用。

其他例句

쥐가 고양이에게 쫓기고 있어요.
老鼠正在被貓追。

출퇴근 시간에는 길이 많이 막혀요.
上下班時間路上非常塞。

문이 잠겨 있어요. 아무도 없나 봐요.
門鎖著,好像沒有人在。

유라 씨의 전화번호가 바뀌어서 연락할 수 없어요.
幼蘿的電話號碼換了,所以聯繫不上。

노래방에 가서 큰소리로 노래를 부르면 스트레스가 풀려요.
如果去KTV大聲唱歌,壓力可以舒緩。

❗ 注意事項

Q 請看上方例句,思考使用這個表現時該注意哪些地方。然後閱讀下列句子,並圈選正確答案。(解答參考P.235)

1) 被動詞前面(可以/不可以)接「名詞을/를」。

2) 使動詞後面(可以/不可以)接「-아/어 주다」。

補充

● 被動詞是在動詞語幹接「-이-」、「-히-」、「-리-」、「-기-」，把動詞改為被動詞，常用的被動詞如下。

動詞	被動動詞 (-이-)	-아/어요	例句
보다	보이다	보여요	밖에 사과 나무가 보여요. 外面看到蘋果樹。
놓다	놓이다	놓여요	책상 위에 선물이 놓여 있어요. 桌子上禮物被放著。
바꾸다	바뀌다	바뀌어요	전화번호가 바뀌었으니까 다시 저장해 주세요. 電話號碼換了，請再儲存一次。
쓰다	쓰이다	쓰여요	칠판에 제 이름이 쓰여 있네요. 黑板上寫著我的名字耶。
잠그다	잠기다	잠겨요	문이 잠겨 있어서 들어갈 수 없어요. 門被鎖著進不去。

動詞	被動動詞 (-히-)	-아/어요	例句
닫다	닫히다	닫혀요	창문이 닫혀 있어서 답답해요. 窗戶被關著，所以很悶。
막다	막히다	막혀요	주말에는 어디나 길이 많이 막혀요. 周末不管哪裡都很塞。
밟다	밟히다	밟혀요	버스 안에서 발이 밟혔는데 누가 그랬는지 모르겠다. 我在公車裡被人踩到腳，但不知道是誰踩的。
읽다	읽히다	읽혀요	이 책은 취업을 준비하는 사람들에게 많이 읽히는 책이에요. 這是被很多找工作的人閱讀的書。

11. 被動　233

잡다	잡히다	잡혀요	범인이 잡히지 않아서 그 사건은 해결되지 못했다. 因為犯人還沒被抓到，所以那個案件沒被解決。

動詞	被動動詞		例句
	(-리-)	-아/어요	
듣다	들리다	들려요	무슨 소리 안 들려요? 你沒聽到什麼聲音嗎？
열다	열리다	열려요	문을 안 잠갔나 봐요. 문이 열려 있네요. 門好像沒有上鎖，門是開著的呢。
팔다	팔리다	팔려요	이 가게에서 제일 잘 팔리는 물건은 뭐예요? 這家店裡賣得最好的商品是什麼？
걸다	걸리다	걸려요	그 가게에는 유명한 가수의 사진이 걸려 있다. 那間店掛著知名歌手的照片。
풀다	풀리다	풀려요	노래방에 가서 신나게 노래를 부르면 스트레스가 풀려요. 如果去KTV大聲唱歌，壓力可以獲得釋放。

動詞	被動動詞		例句
	(-기-)	-아/어요	
끊다	끊기다	끊겨요	엘리베이터 안이라서 전화가 자꾸 끊겨요. 因為是在電梯裡面，所以電話常常斷掉。
쫓다	쫓기다	쫓겨요	도둑이 경찰에게 쫓기고 있다. 小偷正被警察追著跑。
안다	안기다	안겨요	아기가 엄마에게 안겨 있어요. 孩子被媽媽抱著。
찢다	찢기다	찢겨요	책이 찢겨 있는데 누가 그랬어? 書被撕破了，是誰幹的？

文法練習

Q 請從下方選出正確單字，並完成下列對話。

보기

들리다   보이다   잡히다   끊기다

1) 가: 저기 _____ 건물이 뭐예요?

   나: 새로 지은 건물인데 도서관이래요.

2) 가: 어제 6층에 도둑이 들었다고 하던데 _____?

   나: 아직 못 잡았대요.

3) 가: 여보세요? 전화가 자꾸 _____.

   나: 엘리베이터 안이라서 그런가 봐요. 잠시만요. 곧 내려요.

4) 가: 무슨 소리 안 _____?

   나: 윤오 씨가 노래 부르고 있나 봐요.

解答

★ 注意事項（P.232）
1) 不可以　　2) 不可以

★ 文法練習（P.235）
1) 보이는　2) 잡혔어요　3) 끊겨요　4) 들려요

相似文法比較

	使動	被動
意義	使動是「主語親自對目的語做某種行為」、「主語讓目的語做某種行為」的意思。	被動用於因為其他人或其他狀況的緣故發生某件事情，然後因為那件事情而受到影響。
注意	〔名詞〕을／를〔使動動詞〕 〔使動動詞〕-아／어 주다 **例** 엄마가 아이에게 약을 먹였어요. 媽媽餵孩子吃藥。 저에게 사진을 좀 보여 주세요. 請讓我看一下照片。	〔名詞〕이／가〔被動動詞〕 〔被動動詞〕-아／어 있다 **例** 도둑이 잡혔어요. 小偷被抓到了。 책이 놓여 있어요. 書擺放著。

● 보이다

使動 여권 좀 보여 주세요.
請讓我看一下簽證護照。

被動 창 밖에 나무가 보여요.
窗外有樹木被看到。

● 읽히다

使動 엄마가 아이에게 책을 많이 읽혀요.
媽媽叫孩子讀很多書。

被動 이 책은 재미있어서 잘 읽혀요.
這本書很有趣，很多人讀。

02 動-아/어/여지다

윤오 이번에 회사에서 휴게실을 새로 짓는다고 해요.

유라 그래요? 편하게 쉴 수 있게 잘 지어지면 좋겠네요.
그런데 내일 회식 장소는 정해졌어요?

윤오 모르겠어요. 시간은 6시로 정해진 것 같은데….
박 대리님한테 물어볼게요.

意義

● 表被動，用於因他人或他事之故而某件事情發生，或因為該事而受影響。

允吾　聽說這次公司裡面蓋了一間新的休息室。

幼蘿　是喔？希望可以蓋得讓人在裡面舒服休息。不過，明天公司聚餐地點定下來了嗎？

允吾　不曉得，時間好像是晚上六點……我跟朴代理問一下。

其他例句

열심히 노력하면 꿈은 이루어질 거예요.
如果努力的話，夢想就會實現。

우리 반에서 정한 규칙이 잘 안 지켜지고 있어요.
我們班制定的班規不太被遵守。

저는 다리를 떠는 습관을 고치고 싶은데 그 습관이 잘 고쳐지지 않아요.
我想改掉抖腳的習慣，可是那個習慣不太好改。

단어를 열심히 외우려고 노력하는데 단어가 잘 외워지지 않아서 속상해요.
我想努力背單詞，但是單詞背不太起來，真傷心。

제가 아플 때 친구가 죽을 끓여 주었어요. 친구의 따뜻한 마음이 느껴졌어요.
我生病的時候，朋友煮粥給我喝。朋友溫暖的心感動了我。

注意事項

Q 請看上方例句，思考使用這個表現時該注意哪些地方。然後閱讀下列句子，並圈選正確答案。（解答參考P.240）

1) 「-아／어지다」前面（可以／不可以）接形容詞。

2) 「-아／어지다」前面（可以／不可以）接「名詞을／를」。

3) 「-아／어지다」後面（可以／不可以）接「-아／어 주다」。

補充

- 動詞如果與「-아/어지다」相結合，就具有被動的意思，主要用於表示「某種情況的生成」。

- 「-아/어지다」的形態變化如下。

	-아/어지다
정하다	정해지다
만들다	만들어지다
이루다	이루어지다
지키다	지켜지다
알리다	알려지다
느끼다	느껴지다
믿다	믿어지다

相似文法比較

	〔形容詞〕-아/어지다	〔動詞〕-아/어지다
意義	變化	被動
例句	例 졸업한 후에 유라 씨를 만났는데 아주 많이 예뻐졌어요. 畢業後遇到幼蘿，她變得很漂亮。 우리 반에 남학생 3명이 더 와서 남학생 수가 더 많아졌어요. 我們班加了三位男同學，男同學的人數變得更多了。 매일 야식을 많이 먹어서 요즘 좀 뚱뚱해졌어요. 每天吃很多宵夜，最近變得有點胖。	例 친구가 말한 것이 믿어지지 않았다. 朋友說的話不被人相信。 이 건물은 지어진 지 오래되어서 수리할 곳이 많다. 這棟建築物屋齡已久，需要修繕的地方很多。 불이 안 켜져서 보니까 형광등이 나간 것이었다. 燈不亮，看了一下，好像日光燈管壞掉了。

文法練習

Q 請從下方選出正確單字，並完成下列對話。

> 믿어지다   구해지다   이루어지다   지어지다

1) 가: 한국에서 취직하는 것이 꿈이었는데 드디어 그 꿈이 _____.

   나: 정말 축하해요.

2) 가: 이 건물은 언제 _____?

   나: 1997년에 지었다고 들었어요.

3) 가: 나나가 영화배우가 되었대.

   나: 정말? 학교 다닐 때 정말 조용한 친구였는데 _____ -지 않아요.

4) 가: 이사 갈 집은 잘 구했어?

   나: 생각보다 집이 쉽게 _____.

★ 注意事項（P.238）
1) 不可以   2) 不可以   3) 不可以

★ 文法練習（P.240）
1) 이루어졌어요   2) 지어졌어요   3) 믿어지   4) 구해졌어

12

推測

01 動形-(으)ㄹ 것 같다 ★★★

02 動-(으)ㄴ/는 모양이다, 形-(으)ㄴ 모양이다, 名인 모양이다 ★★

03 動-나 보다, 形-(으)ㄴ가 보다, 名인가 보다 ★★

04 形-아/어/여 보이다 ★★★

05 動形-(으)ㄹ 테니까, 名일 테니까 ★★★

06 動形-(으)ㄹ 텐데, 名일 텐데 ★★

01 動形-(으)ㄹ 것 같다

초급

태오　배고프지요? 밥 먹으러 갈까요?

나나　배가 고파 **죽을 것 같아요**. 빨리 먹으러 가요. 어디로 갈까요?

태오　저쪽으로 가면 돼요. 인터넷에서 봤는데 **맛있을 것 같아요**.

나나　그래요? 그런데 지금 점심시간이니까 사람이 **많을 것 같은데요**.

태오　그래도 빨리 가면 먹을 수 있을 거예요. 빨리 갑시다.

意義

- 表推測的文法。

泰吾　肚子餓了吧？要不要去吃飯？
娜娜　我快餓死了，快去吃飯吧。要去哪裡吃？
泰吾　往那邊走就行了。我在網路上看到，感覺很好吃。
娜娜　是喔？可是現在是午餐時間，人會很多。
泰吾　即使如此，我們快點去就可以吃到了。快走吧。

其他例句

이번 시험은 어려울 것 같아요.
這次的考試好像會很難。

이 영화 볼까요? 재미있을 것 같은데요.
要不要看這部電影?好像很有趣。

이 옷은 윤오 씨에게 안 어울릴 것 같아요.
這件衣服好像不太適合允吾。

길이 너무 막혀서 약속 시간에 늦을 것 같아요.
塞車太嚴重,我好像會遲到。

하늘에 구름이 많아지네요. 비가 많이 올 것 같아요.
天上的雲變多了,感覺會下大雨。

❗注意事項

Q 請看上方例句,思考使用這個表現時該注意哪些地方。然後閱讀下列句子,並圈選正確答案。(解答參考P.246)

1) 「-(으)ㄹ 것 같다」前面(可以/不可以)接形容詞。

2) 「-(으)ㄹ 것 같다」(可以/不可以)搭配其他表現一起使用。

補充

● 表示對某事推測。用於「雖必須有推測根據,但以各種情況推測,會是那樣子」的情況。

● 「-(으)ㄹ 것 같다」的形態變化如下。

	-(으)ㄹ 것 같다		-(으)ㄹ 것 같다
가다	갈 것 같다	많다	많을 것 같다
먹다	먹을 것 같다	바쁘다	바쁠 것 같다
공부하다	공부할 것 같다	재미있다	재미있을 것 같다
듣다	들을 것 같다	어렵다	어려울 것 같다
짓다	지을 것 같다	멀다	멀 것 같다
부르다	부를 것 같다	하얗다	하얄 것 같다
놀다	놀 것 같다		

● 就已經結束的事推測時,使用「-았/었을 것 같다」。

例 벌써 3시니까 시험은 끝났을 것 같아요.
已經三點了,考試大概已經結束了。
윤오 씨 어머니는 젊었을 때 예쁘셨을 것 같아요.
允吾的母親年輕時大概很漂亮。

● 「-(으)ㄹ 것 같다」可以與其他文法搭配使用。

例 거기에 가면 좋을 것 같네요.
如果去那邊好像不錯。
거기에 가면 좋을 것 같은데요.
如果去那邊好像不錯。
거기에 가면 좋을 것 같아서요.
因為如果去那邊好像不錯。

● 當韓國人委婉拒絕某項提議、邀請，或是委婉表達自己的想法時，有時使用這個文法。

例 가: 오늘 저녁에 파티에 올 거예요?
你今晚會來派對嗎？
나: 미안하지만 저는 약속이 있어서 못 갈 것 같아요.
抱歉，我有約，好像不能去。

文法練習

Q 請完成下列句子。

1) 혼자 살면 _____

(외롭다)

2) 이번 주는 괜찮은데 다음 주는 _____

(바쁘다)

3) 오늘은 바빠서 _____

(못 만나다)

4) 마이클 씨는 열심히 공부했으니까 이번 시험을 _____

(잘 보다)

★ 注意事項（P.243）
1) 可以　2) 可以

★ 文法練習（P.246）
1) 외로울 것 같아요.　　　2) 바쁠 것 같아요.
3) 못 만날 것 같아요.　　　4) 잘 볼 것 같아요.

02 動-(으)ㄴ/는 모양이다
形-(으)ㄴ 모양이다
名인 모양이다

52.mp3

中級

윤오　요즘 케빈 씨에게 무슨 일 있어요? 얼굴이 많이 안 좋아 보이던데요.

나나　여자 친구하고 헤어진 모양이에요. 며칠 전에 여자 친구하고 싸웠다고 들었어요.

윤오　그래도 7년이나 만났는데 그렇게 쉽게 헤어질 수 있을까요?

나나　그러게요. 회사에도 일이 많은 모양이던데…. 걱정이네요.

意義

● 這個文法用於看見某個狀況後進行推測。

允吾　凱文最近有什麼事嗎？臉色看起來不太好。
娜娜　好像是跟女朋友分手了。聽說他前幾天跟女朋友吵架。
允吾　他們畢竟交往了七年，有那麼容易就分手嗎？
娜娜　就是說啊，公司的事情似乎也很多……真擔心。

其他例句

구름이 많아지네요. 비가 내릴 모양이에요.
雲變多了,好像要下雨了。

교실 밖이 시끄러운 걸 보니 수업이 끝난 모양이에요.
教室外面鬧哄哄的,看來應該是下課了。

아버지께서 어머니를 지금도 많이 사랑하시는 모양입니다.
爸爸至今似乎都還深愛著媽媽。

유라 씨가 며칠 동안 연락도 없는 걸 보니 많이 바쁜 모양이에요.
幼蘿好幾天都沒有消息,似乎很忙。

미쉘 씨 표정이 안 좋은 걸 보니 시험 점수가 안 좋은 모양이네요.
蜜雪兒臉色不太好,大概考試考差了。

학생들에게 뭔가 이야기하는 걸 보니 저분이 선생님인 모양이군요.
看學生們竊竊私語的樣子,那位應該是老師。

注意事項

Q 請看上方例句,思考使用這個表現時該注意哪些地方。然後閱讀下列句子,並圈選正確答案。(解答參考P.250)

1) 「-(으)ㄴ/는 모양이다」前面(可以/不可以)接形容詞。

2) 「-(으)ㄴ/는 모양이다」前面(可以/不可以)接表過去的「-았/었-」或表未來的「-겠」。

補充

- 「-(으)ㄴ/는 모양이다」表推測，必須要有那麼想的根據。也就是說，用於「看見發生的事情或狀況、氛圍等之後，覺得是那個樣子」的情況。因此經常以「-(으)ㄴ/는 걸 보니까 -(으)ㄴ/는 모양이다」的形態表達。

- 最好不要用於話者親身體驗的經歷。
  例 (맛있는 빵을 보면서) 빵이 맛있는 모양이에요. (X)
  　 (사람들이 맛있게 먹는 모습을 보면서) 빵이 맛있는 모양이에요. (O)
  　 （看大家吃得這麼香）麵包好像很好吃。

- 「-(으)ㄴ/는 모양이다」的形態變化如下。

	-(으)ㄴ/는 모양이다			-(으)ㄴ 모양이다
	과거	현재		
가다	간 모양이다	가는 모양이다	많다	많은 모양이다
먹다	먹은 모양이다	먹는 모양이다	바쁘다	바쁜 모양이다
공부하다	공부한 모양이다	공부하는 모양이다	재미있다	재미있는 모양이다
듣다	들은 모양이다	듣는 모양이다	어렵다	어려운 모양이다
짓다	지은 모양이다	짓는 모양이다	멀다	먼 모양이다
부르다	부른 모양이다	부르는 모양이다	하얗다	하얀 모양이다
살다	산 모양이다	사는 모양이다		

- 「-(으)ㄴ/는 모양이다」的主語不會是「나」。
  例 나는 머리가 좀 아픈 모양이에요. (X)
  　 저는 모임에 못 가는 모양이에요. (X)

文法練習

Q 請完成下列句子。

1) 가: 나나 씨가 기침을 많이 하네요.

　　나: 그러게요. _____

　　　　　　　　　　　　　　　　　(감기에 걸리다)

2) 가: 유라 씨가 계속 노래를 부르고 있네요.

　　나: 네, _____

　　　　　　　　　　　　　　　　　(좋은 일이 있다)

3) 가: 동생은 지금 어디에 있어?

　　나: 방에 있어요. 조용한 걸 보니까 _____

　　　　　　　　　　　　　　　　　(자다)

4) 가: 사람들이 우산을 쓰고 가네요.

　　_____

　　　　　　　　　　　　　　　　　(비가 오다)

　　나: 저도 우산을 챙겨야겠어요.

★ 注意事項（P.248）
1) 可以　2) 不可以

★ 文法練習（P.250）
1) 감기에 걸린 모양이에요.　　2) 좋은 일이 있는 모양이에요.
3) 자는 모양이에요.　　　　　4) 비가 오는 모양이에요.

03 動-나 보다 / 形-(으)ㄴ가 보다, 名인가 보다

유라　제이슨 씨한테 무슨 일 있나 봐요. 전화도 안 받고….
태오　어제 기침을 심하게 했는데…. 많이 아픈가 봐요.
유라　그래요? 가 봐야겠네요. 전화 받기 힘든 모양이네요.
태오　같이 가 봐요.

意義

- 用於看見某個狀況之後表推測。

幼蘿　傑森好像有什麼事的樣子，電話也不接……。
泰吾　他昨天咳得很厲害……應該病得很嚴重。
幼蘿　是喔？那得去探望他了。似乎連接電話都吃力的樣子。
泰吾　一起去看他吧。

其他例句

저분이 유라 씨 언니인가 봐요.
那位好像是幼蘿的姐姐。

윤오 씨는 자나 봐요. 전화를 안 받네요.
允吾好像睡了，他沒接電話。

옆집 사람들이 싸우나 봐요. 시끄러운 소리가 들려요.
隔壁鄰居好像吵架了，嘈雜的聲音傳了過來。

사람들이 줄을 서서 기다리고 있어요. 여기 음식이 맛있나 봐요.
人們都在排隊等待，這家餐點似乎很好吃的樣子。

미쉘 씨가 술을 많이 마셨나 봐요. 이미 한 말을 또 하고 있어요.
蜜雪兒好像喝了很多酒，她已經在重複說過的話了。

요즘 이 영화배우가 인기가 많은가 봐요. 텔레비전에 자주 나와요.
最近這位電影演員好像很紅，常常出現在電視上。

注意事項

Q 請看上方例句，思考使用這個表現時該注意哪些地方。然後閱讀下列句子，並圈選正確答案。（解答參考P.254）

1) 「-(으)ㄴ가 보다／-나 보다」前面（可以／不可以）接表過去的「-았／었-」。

2) 「-(으)ㄴ가 보다／-나 보다」（可以／不可以）用「나」當作主語。

補充

- 「-(으)ㄴ가 보다／-나 보다」主要用於口語，用於看到周圍發生的事情、狀況、氛圍等之後，認為是那樣子的情況。這個文法跟「-(으)ㄴ／는 모양이다」幾乎沒有差別，不過「-(으)ㄴ／는 모양이다」最好也不要用在話者親身經歷的體驗上。

- 「-(으)ㄴ가 보다／-나 보다」的形態變化如下。

	-나 보다			-(으)ㄴ가 보다	
	과거	현재		과거	현재
가다	갔나 보다	가나 보다	많다	많았나 보다	많은가 보다
먹다	먹었나 보다	먹나 보다	바쁘다	바빴나 보다	바쁜가 보다
공부하다	공부했나 보다	공부하나 보다	재미있다	재미있었나 보다	재미있나 보다
듣다	들었나 보다	듣나 보다	어렵다	어려웠나 보다	어려운가 보다
짓다	지었나 보다	짓나 보다	멀다	멀었나 보다	먼가 보다
부르다	불렀나 보다	부르나 보다	하얗다	하얬나 보다	하얀가 보다
살다	살았나 보다	사나 보다			

- 這個文法主要以「-(으)ㄴ가 봐요／-나 봐요」、「-(으)ㄴ가 보네요／-나 보네요」的形態使用，不使用「-(으)ㄴ가 봤어요／-나 봤어요」的形態。

- 寫作時，寫「-(으)ㄴ가 보다／-나 보다」的形態即可。

  例 오늘 친구에게 일이 많은가 보다.
  朋友今天好像事情很多。
  윤오 씨는 오늘도 출근했나 보다.
  允吾今天好像也上班了。

文法練習

Q 請找出下列句子中錯誤的部分,並修正為正確的句子。

1) 윤오 씨가 요즘 많이 힘들은가 봐요.
   _____

2) 유라 씨가 배가 고팠나 봤어요.
   _____

3) 제가 오늘 바쁜가 봐요.
   _____

4) 태오 씨가 학교에 가나 본다.
   _____

★ 注意事項(P.252)
1) 可以　2) 不可以

★ 文法練習(P.254)
1) 힘들은가 → 힘든가　2) 봤어요 → 봐요　3) 제가 → 친구가　4) 본다 → 보다

相似文法比較

	-(으)ㄹ 것 같아요	-(으)ㄴ/는 모양이다	-나 보다
意義	推測	推測	推測
注意	〔動詞〕〔形容詞〕-(으)ㄹ 것 같아요 例 읽을 것 같아요. 好像會讀。 좋아할 것 같아요. 好像會喜歡。 좋을 것 같아요. 好像不錯。 바쁠 것 같아요. 好像會很忙。 用於由各種情況表示模糊的猜測時。 例 看著麵包。 빵이 맛있을 것 같아요. (O) 麵包好像很好吃。 「제」可以當主語。 例 저는 오늘 좀 바쁠 것 같아요. 我今天會有點忙。 저는 오늘 모임에 못 갈 것 같아요. 我今天無法參加聚會的樣子。	〔動詞〕-는 모양이다 〔形容詞〕-(으)ㄴ 모양이다 例 읽는 모양이에요. 好像在讀。 좋아하는 모양이에요. 好像喜歡。 좋은 모양이에요. 好像不錯。 바쁜 모양이에요. 好像很忙。 須推測的根據。 例 看到大家吃麵包吃得很香的樣子。 빵이 맛있는 모양이에요. (O) 麵包好像很好吃。 「제」不能當主語。 例 저는 바쁜 모양이에요. (X) 저는 오늘 모임에 못 가는 모양이에요. (X)	〔動詞〕-나 보다 〔形容詞〕-(으)ㄴ가 보다 例 읽나 봐요. 好像在讀。 좋아하나 봐요. 好像喜歡。 좋은가 봐요. 好像不錯。 바쁜가 봐요. 好像很忙。 與-(으)ㄴ/는 모양이다一樣須推測的根據。 例 看到大家吃麵包吃得很香的樣子。 빵이 맛있나 봐요. (O) 麵包好像很好吃。 「제」不能當主語。 例 저는 바쁜가 봐요. (X) 저는 오늘 모임에 못 가나 봐요. (X)

12. 推測　255

04 形-아/어/여 보이다

유라 태오 씨가 요즘 많이 힘들어 보여서 제가 태오 씨 주려고 떡볶이 좀 만들어 봤어요.

태오 고마워요. 그런데 좀 매워 보여요.

유라 고추장을 조금 많이 넣어서 그래요. 그런데 그렇게 맵지 않아요. 먹어 보세요.

태오 음. 맛있네요. 보기보다 맵지 않고요. 잘 먹었어요.

유라 태오 씨가 맛있다고 하니까 저도 기분이 좋네요.

意義

● 用於表達看到某種情況、模樣，然後對此產生的想法或推測。

幼蘿　你最近看起來很累，我做了辣炒年糕給你。
泰吾　謝謝，不過看起來有點辣。
幼蘿　辣椒醬加得稍微有點多，看起來辣。不過沒有那麼辣，你嚐嚐看。
泰吾　嗯，好吃耶。沒看起來那麼辣，真好吃。
幼蘿　你說好吃，我也覺得開心。

其他例句

나나 씨, 머리가 길어서 좀 더워 보여요.
娜娜，你頭髮長長了，看起來有點熱。

이 가방 어디에서 샀어요? 비싸 보이네요.
這個包包是在哪裡買的？看起來很貴。

이 병원은 지은 지 얼마 안 돼서 그런지 시설이 좋아 보인다.
大概是因為這家醫院蓋好沒多久，設施看起來不錯。

제 친구 결혼식에 갔다 왔는데 두 사람이 정말 행복해 보였어요.
我去參加朋友的結婚典禮，兩個人看起來真的很幸福。

요즘 나나 씨가 많이 우울해 보이는데 무슨 일 있는지 알아요?
最近娜娜看起來有點憂鬱，你知道她發生什麼事情了嗎？

❗ 注意事項

Q 請看上方例句，思考使用這個表現時該注意哪些地方。然後閱讀下列句子，並圈選正確答案。（解答參考P.259）

1) 「-아／-어 보이다」前面（可以／不可以）接表過去的「-았／었-」。

2) 「-아／-어 보이다」後面（可以／不可以）接「-(으)세요」、「-(으)ㅂ시다」。

補充

● 用於話者從表面看到某個狀況、模樣,因而產生某個想法、判斷或感受、推測時。

● 形態變化如下。

	-아/어 보이다
많다	많아 보이다
바쁘다	바빠 보이다
재미있다	재미있어 보이다
어렵다	어려워 보이다
멀다	멀어 보이다
하얗다	하얘 보이다

相似文法比較

	-나 보다	-아/어 보이다
意義	推測	判斷、推測
注意	用於話者看到周圍發生的事情、狀況、氛圍等而認為是該情況的想法。	由表面上看,就像前面的話表現出來的那樣,用來表示感受或推測。
	(看到人們吃得很香的樣子,或是看到餐廳前面有很多人排隊) 음식이 맛있나 봐요. 餐點好像很好吃。 (看見朋友不舒服的臉,或是看到他咳嗽很厲害的樣子) 아픈가 봐요. 好像病得很嚴重。	(只看到餐點的外表) 맛있어 보여요. 看起來很好吃。 (只看到朋友的臉) 아파 보여요. 看起來不舒服。
	〔動詞〕-나 보다 〔形容詞〕-(으)ㄴ가 보다	〔形容詞〕-아/어 보이다

文法練習

Q 請完成以下對話。

1) 가: 유라 씨, 무슨 일 있어요? _____

   (피곤하다)

   나: 그러게요.

2) 가: 오늘 부장님이 _____

   (기분이 좋다)

   나: 네, 어제 회의 결과가 좋았대요.

3) 가: 이 구두 어때요?

   나: 편하기는 하지만 키가 좀 _____

   (작다)

4) 가: 앞머리를 잘랐는데 어때요?

   나: 귀여워요. 그리고 _____

   (어리다)

★ 注意事項（P.257）
1) 不可以　3) 不可以

★ 文法練習（P.259）
1) 피곤해 보여요.　　　　　　2) 기분이 좋아 보이세요.
3) 작아 보여요.　　　　　　　4) 어려 보여요.

05 動形-(으)ㄹ 테니까
名일 테니까

케빈 이번 주 토요일에 집들이를 하는데 어떡하죠?
유라 혼자 준비하면 힘들 테니까 제가 도와줄게요.
　　　음식은 뭘 준비할 거예요?
케빈 고마워요. 고향 음식을 준비하려고요. 그럼 음식은
　　　제가 준비할 테니까 유라 씨는 청소를 도와주세요.
유라 알겠어요.
케빈 그리고 장보러 갈 때 같이 가 줄 수 있어요?
유라 네. 혼자 가면 심심할 테니까 같이 가요.
케빈 고마워요. 유라 씨 덕분에 준비가 쉬울 것 같아요.

意義

● 話者表示的推測、意志，並建議或請求聽者做某件事情。

凱文　　這周六要舉辦喬遷宴，怎麼辦？
幼蘿　　自己一個人準備很辛苦，我來幫你。你要準備什麼餐點？
凱文　　謝謝。我打算準備家鄉菜。那麼，餐點我來準備，幼蘿你幫我打掃整潔吧。
幼蘿　　知道了。
凱文　　還有，我去市場的時候，你可以跟我一起去嗎？
幼蘿　　好，自己去的話應該很無聊，一起去吧。
凱文　　謝謝，多虧有你，準備似乎輕鬆許多。

其他例句

제가 도와줄 테니까 걱정하지 마세요.
我會幫忙,請別擔心。

내일도 추울 테니까 옷을 따뜻하게 입으세요.
明天天氣也會很冷,請穿得暖和一點。

식사 준비는 내가 할 테니까 엄마는 좀 쉬세요.
餐點我來準備,媽媽您稍微休息一下。

비가 오네요. 제가 우산을 빌려줄 테니까 쓰고 가세요.
下雨了呢。我會借你雨傘,你拿去用吧。

발표를 혼자 준비하면 어려울 테니까 같이 준비합시다.
自己準備報告會有難度,我們一起準備吧。

이번 모임에 교수님도 오실 테니까 꼭 참석하도록 하세요.
這次聚會教授也會來,請務必盡可能出席。

나나 씨는 지금 수업 중일 테니까 이따 전화하세요.
娜娜現在正在上課,請待會再打。

⚠ 注意事項

Q 請看上方例句,思考使用這個表現時該注意哪些地方。然後閱讀下列句子,並圈選正確答案。(解答參考P.263)

1) 「-(으)ㄹ 테니까」前面(可以/不可以)接形容詞。

2) 「-(으)ㄹ 테니까」後面(可以/不可以)接「-(으)세요」、「-(으)ㅂ시다」。

補充

- 「-(으)ㄹ 테니까」有表推測、意志的涵意,可以分成以下兩點來看。第一種用於話者表示強烈推測,其後接建議、命令。「-(으)ㄹ 테니까」的後面主要接「-(으)세요」、「-(으)ㅂ시다」。

  例 날씨가 추울 테니까 따뜻한 옷을 준비하세요.
  天氣會冷,請準備暖和的衣服。

- 第二種用於話者表示意志,其後接建議或命令。表自身意志時,前主要用「나」,即第一人稱。後則接其他人(第二人稱、第三人稱)。

  例 제가 청소를 할 테니까 유라 씨는 빨래 좀 정리해 주세요.
  我來打掃,幼蘿你幫我整理一下洗好的衣服。

- 「-(으)ㄹ 테니까」的形態變化如下。

	-(으)ㄹ 테니까		-(으)ㄹ 테니까
가다	갈 테니까	많다	많을 테니까
먹다	먹을 테니까	바쁘다	바쁠 테니까
공부하다	공부할 테니까	재미있다	재미있을 테니까
듣다	들을 테니까	어렵다	어려울 테니까
짓다	지을 테니까	멀다	멀 테니까
부르다	부를 테니까	하얗다	하얄 테니까
놀다	놀 테니까		

文法練習

Q 請完成以下對話。

1) 가: 내일이 윤오 씨 생일이에요. 파티를 준비할까요?

   나: _____

   (선물을 준비하다 / 케이크를 사 오다)

2) 가: 발표 준비는 잘 되고 있어요?

   나: 잘 준비하고 있어요. _____

   (열심히 하다 / 응원해 주다)

3) 가: _____

   (오후부터 비가 오다 / 우산을 가지고 가다)

   나: 네, 알겠어요. 고마워요.

4) 가: 다음 주에 태국으로 여행을 가요.

   나: 좋겠네요. _____

   (날씨가 덥다 / 반바지를 준비해 가다)

★ 注意事項（P.261）
1) 可以　2) 可以

★ 文法練習（P.263）
1) 제가 선물을 준비할 테니까 케이크를 사 오세요.
2) 열심히 할 테니까 응원해 주세요.
3) 오후부터 비가 올 테니까 우산을 가지고 가세요.
4) 날씨가 더울 테니까 반바지를 준비해 가세요.

06 動形-(으)ㄹ 텐데
名일 텐데

中級

케빈 이렇게 추운데 등산을 가요? 너무 힘들 텐데 괜찮겠어요?
유라 등산이 얼마나 재미있는데요. 올라갈 때는 좀 힘들지만 산 정상에서 주위를 보면 기분도 상쾌해지고 행복해져요.
케빈 그렇군요. 그래도 추울 텐데 따뜻해지면 가세요.
유라 얇은 옷을 여러 벌 겹쳐 입으면 그렇게 춥지 않아요. 같이 가요. 등산을 하면 스트레스가 다 풀릴 텐데요.

意義

- 「-(으)ㄹ 텐데」用於推測前面事情，同時表達相關內容。

凱文 這麼冷你要去爬山？會很辛苦，沒關係吧？
幼蘿 爬山多有趣啊。雖然上山的時候會有點辛苦，但站在山頂眺望四周的話，心情會變得很清爽，也會覺得很幸福。
凱文 是喔。儘管如此天氣還是冷，等暖和一點再去吧。
幼蘿 如果薄的衣服穿好幾層就不那麼冷了。一起去吧。去爬山的話，壓力都會釋放掉。

其他例句

이번 시험은 어려울 텐데 걱정이네요.
這次的考試會很難，真擔心。

이번 모임에서 만났으면 좋았을 텐데 아쉽네요.
要是可以在這次聚會碰面就好了，真可惜。

퇴근 시간이라서 길이 막힐 텐데 조금 빨리 출발합시다.
因為是下班時間，所以路上很塞，我們快點出發吧。

윤오 씨가 아직 밥을 안 먹었을 텐데 지금 식사 준비를 할까요?
允吾應該還沒吃飯，我們現在要不要來做飯？

이번 모임에 나나 씨도 올 텐데 어떻게 하죠? 나나 씨하고 헤어진 지 얼마 안 되었잖아요.
這次聚會娜娜應該也會來，怎麼辦？我跟娜娜才剛分手沒多久。

윤오 씨는 지금 출장 중일 텐데 제가 전화해 볼까요?
允吾現在應該是在出差，要不要我打電話問一下？

！注意事項

Q 請看上方例句，思考使用這個表現時該注意哪些地方。然後閱讀下列句子，並圈選正確答案。（解答參考P.267）

1) 「-（으）ㄹ 텐데」前面（可以／不可以）接形容詞。
2) 「-（으）ㄹ 텐데」前面（可以／不可以）接表過去的「-았／었-」。
3) 「-（으）ㄹ 텐데」後面（可以／不可以）接「-（으）세요」、「-（으）ㅂ시다」。

> **補充**

- 「-(으)ㄹ 텐데」表示推測，表擔心所推測的狀況，或是有一種惋惜的感覺。「-(으)ㄹ 텐데」後通常接「괜찮겠어요?」、「어떡해요?」等疑問，或是「-(으)세요」、「-(으)ㅂ시다」、「-(으)ㄹ까요?」等命令或建議。此外，也使用「-(으)ㄹ 텐데 걱정이다」、「-(으)ㄹ 텐데요」的形態。

- 「-(으)ㄹ 텐데」的形態變化如下。

	-(으)ㄹ 텐데		-(으)ㄹ 텐데
가다	갈 텐데	많다	많을 텐데
먹다	먹을 텐데	바쁘다	바쁠 텐데
공부하다	공부할 텐데	재미있다	재미있을 텐데
듣다	들을 텐데	어렵다	어려울 텐데
짓다	지을 텐데	멀다	멀 텐데
부르다	부를 텐데	하얗다	하얄 텐데
놀다	놀 텐데		

文法練習

Q 請從下方選出正確單字，並完成下列對話。

보기
- 춥다
- 힘들다
- 배가 아프다
- 성적이 떨어지다

1) 가: 발표 준비를 혼자 하려고 해요.

   나: 혼자 준비하면 _____ 같이 합시다.

2) 가: 아이스크림 하나만 더 먹을게요.

   나: 아까 하나 먹었잖아요. 많이 먹으면 _____ 괜찮겠어요?

3) 가: 우리 아들은 매일 게임을 너무 많이 해서 걱정이에요.

   나: 게임을 많이 하면 _____ 걱정이네요.

4) 가: 우산도 안 가지고 갔는데 갑자기 눈이 많이 오네요.

   나: 눈을 맞아서 _____ 따뜻한 우유를 드릴까요?

解答

★ 注意事項（P.265）
1) 可以　2) 可以　3) 可以

★ 文法練習（P.267）
1) 힘들 텐데　2) 배가 아플 텐데　3) 성적이 떨어질 텐데　4) 추울 텐데

相似文法比較

	-(으)ㄹ 테니까	-(으)ㄹ 텐데
意義	推測、意志	推測
	〔動詞〕〔形容詞〕-(으)ㄹ 테니까 例 읽을 테니까, 좋아할 테니까, 좋을 테니까	〔動詞〕〔形容詞〕-(으)ㄹ 텐데 例 읽을 텐데, 좋아할 텐데, 좋을 텐데
注意	1) 表推測： -(으)ㄹ 테니까 + -(으)세요 / (으)ㅂ시다 例 날씨가 추울 테니까 따뜻하게 입으세요. 天氣會冷，請穿暖和一點。 2) 表意志： 제가 -(으)ㄹ 테니까 OO 씨는 -(으)세요 例 제가 식사를 준비할 테니까 윤오 씨는 청소를 해 주세요. 我來準備餐點，允吾你幫我打掃吧。	-(으)ㄹ 텐데 + -(으)세요 / (으)ㅂ시다 / 괜찮아요? / 걱정이네요. / 어떻게 해요? 例 날씨가 추울 텐데 따뜻하게 입으세요. 天氣會冷，請穿暖和一點。 雖然有推測的意思，但沒有表意志。 當它是推測的意思時，會有擔心的感覺。

13

結果

01 動-아/어/여 버리다 ★★

02 動-고 말다 ★★

01 動-아/어/여 버리다

中級

date. 20**년 9월 23일

요즘 일 때문에 조금 힘들다.

열심히 보고서를 작성해서 부장님께 보여 드렸다.

부장님은 너무 엉망이니까 다시 해 오라고 하셨다.

그래서 나는 보고서를 찢어 버렸다.

너무 속상했지만 다시 해야 한다.

보고서를 쓰고 늦게 퇴근했다. 그런데 지하철에서 졸다가 내릴

역을 지나쳐 버렸다.

요즘 왜 이럴까?

意義

- 表示前行動完全結束。

- 日期　20**年9月23日／最近因為工作的關係有點辛苦。我努力寫報告呈給部長，但是部長說亂七八糟，要我重做一份。所以我把報告撕掉了。雖然很難過，但必須重做。我為了寫報告很晚才下班，卻在地鐵上打瞌睡，坐過站。最近怎麼會這樣？

其他例句

친구는 저를 기다리다가 먼저 가 버렸어요.
朋友等我一陣子先走掉了。

밀린 일을 다 끝내 버렸어요. 기분이 좋네요.
推遲的工作都做完了,心情真好。

이번 달 용돈을 벌써 다 써 버렸는데 어떡하죠?
這個月的零用錢都花光了,怎麼辦?

너무 배가 고파서 동생 빵까지 모두 먹어 버렸다.
因為肚子太餓了,連弟弟的麵包都吃掉了。

그동안 일 때문에 바빠서 못한 빨래를 이번 주말에는 꼭 다 해 버릴 거예요.
這段時間因為工作太忙所以沒辦法洗的衣服,我這個周末一定要全部洗好。

⚠ 注意事項

Q 請看上方例句,思考使用這個表現時該注意哪些地方。然後閱讀下列句子,並圈選正確答案。(解答參考P.273)

1) 「-아/어 버리다」前面(可以/不可以)接表過去的「-았/었-」。

2) 「-아/어 버리다」前面(可以/不可以)接形容詞。

3) 「-아/어 버리다」(可以/不可以)用「나」當作主語。

13. 結果 271

補充

- 「-아/어 버리다」用於強調某事完全、全部都結束。也一併表示該事結束之後話者的心情。主要是爽快、釋懷或惋惜、遺憾的心情。

- 形態變化如下。

	-아/어 버리다
가다	가 버리다
먹다	먹어 버리다
말하다	말해 버리다
팔다	팔아 버리다
자르다	잘라 버리다

- 也經常與「그냥」、「다」等一起使用。
   例 어제 너무 피곤해서 숙제를 못하고 그냥 자 버렸어요.
   昨天太累了，所以無法寫作業，就那樣睡了。
   동생이 피자를 다 먹어 버렸어요.
   弟弟把披薩全吃掉了。

文法練習

Q 請完成以下對話。

1) 가: 유라 씨는 어디 있어요?

   나: 갑자기 일이 생겼다고 하면서 _____

   (가다)

2) 가: 미용실 갔다 왔어요? 머리를 많이 잘랐네요.

   나: 네, 그냥 _____

   (자르다)

3) 가: 갑자기 전화를 _____ -(으)면 어떡해?

   (끊다)

   나: 내가 끊은 게 아니라 엘리베이터 안이라서 끊긴 거야.

4) 가: 새로 산 컴퓨터는 어떻게 했어요?

   나: 이상하게 자꾸 고장이 나서 _____

   (팔다)

★ 注意事項（P.271）
1) 不可以　2) 不可以　3) 可以

★ 文法練習（P.273）
1) 가 버렸어요.　2) 잘라 버렸어요.　3) 끊어 버리면　4) 팔아 버렸어요.

02 動-고 말다

date. 20**년 9월 11일

나는 지각하는 습관이 있다.

그래서 항상 선생님께 혼이 난다.

오늘은 지각하지 않으려고 했는데 또 지각을 하고 말았다.

일찍 일어나려고 알람을 세 개나 맞추었는데 알람을 끄고

다시 잠이 들고 말았다.

밤에 일찍 자려고 해도 잠이 안 온다. 다른 방법이 없을까?

意義

- 表示前面所示事情或行動最終還是發生了。

- 日期　20**年9月11日／我有遲到的習慣。所以總是被老師罵。我今天本來不想遲到的，結果又遲到了。為了早點起床，我訂了三個鬧鐘，結果我把鬧鐘關掉然後又睡著了。晚上就算想早點睡也睡不著，有其他的辦法嗎？

其他例句

열심히 준비했지만 시험에 떨어지고 말았어요.
雖然認真準備，結果卻考砸了。

시험이 있어서 열심히 공부하려고 했는데 자고 말았다.
因為有考試，所以要認真念書，結果卻睡著了。

다이어트를 해서 케이크를 안 먹으려고 했는데 너무 맛있어 보여서 먹고 말았다.
因為在減肥，所以不想吃蛋糕，但看起來太好吃了，結果還是吃了。

두 사람은 너무 사랑했지만 부모님의 반대 때문에 결국 헤어지고 말았습니다.
雖然兩人非常相愛，但因為父母反對，最終還是分手了。

동생이 계속 짜증나게 한다. 화가 나도 참으려고 했는데 결국 화를 내고 말았다.
弟弟一直在惹我。本來生氣也在忍著，最後還是發飆了。

! 注意事項

Q 請看上方例句，思考使用這個表現時該注意哪些地方。然後閱讀下列句子，並圈選正確答案。（解答參考P.277）

1) 「-고 말다」前面（可以／不可以）接表過去的「-았／었-」。

2) 「-고 말다」前面（可以／不可以）接形容詞。

補充

- 「-고 말다」使用「-고 말았다」的形態,用於表示強調某事最終還是發生了。也用於表示因為非意圖事件的發生,而有惋惜、傷心之感受。

- 形態變化如下。

	-고 말다
가다	가고 말다
먹다	먹고 말다
말하다	말하고 말다
팔다	팔고 말다
자르다	자르고 말다

- 如果使用「-고 말겠다」的形態,則表示一定要做某事的意志。
  例 이번 경기에서는 꼭 이기고 말겠어요.
  這次比賽一定要贏。

相似文法比較

	-아/어 버리다	-고 말다
意義	結果	結果
	〔動詞〕-아/어 버리다	〔動詞〕-고 말았다
注意	・用來強調某件事情完全、整個都結束了。 ・也常用於表示釋懷、惋惜的心情。 例 밀린 숙제를 다 해 버렸어요. 延遲的作業都做完了。	・用來強調某件事情最終還是發生了。 ・也用於表示因為某事發生而有惋惜、難受之感。 例 밀린 숙제를 다 하고 말았어요. (?)

文法練習

Q 請從下方選出正確單字,並完成下列對話。

보기
잃어버리다   지다
울다   넘어지다

1) 가: 달리기 대회는 잘 했어요?
   나: 뛰다가 _____.

2) 가: 어제 시합 어떻게 됐어요?
   나: 열심히 했지만 시합에서 _____.

3) 가: 어떻게 하다가 지갑을 잃어버렸어요?
   나: 손에 들고 다니다가 _____.

4) 가: 고향에 잘 갔다 왔지요?
   나: 네. 울지 않으려고 했는데 엄마 얼굴을 보자마자 결국 _____.

解答

★ 注意事項（P.275）
1) 不可以   2) 不可以

★ 文法練習（P.277）
1) 넘어지고 말았어요   2) 지고 말았어요   3) 잃어버리고 말았어요   4) 울고 말았어요

II

形態相似的文法

1 形態相似的文法　　280

2 助詞　　337

1

形態相似的文法

01 動-다(가) ★★★

02 動-았/었/였다(가) ★★

03 動-아/어/여다(가) ★★

04 動-는데, 形-(으)ㄴ데, 名인데 ★★★

05 動-는데도, 形-(은)ㄴ데도, 名인데도 ★★

06 動-는 길에 ★★

07 動-는 김에 ★★

08 動形-더니, 名(이)더니 ★★

09 動-았/었/였더니 ★★

10 動-던 名 ★★

11 動-았/었/였던 名 ★★

12 動-(으)ㄹ까 하다 ★★★

13 動-(으)ㄹ까 말까 하다 ★★

01 動-다(가)

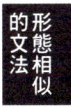

태오 나나 씨, 어디에 가요?

나나 도서관에 가요. 어제 숙제를 하다가 잠이 들어서 숙제를 다 못 했거든요. 그래서 숙제를 하러 가는 길이에요.

태오 그래요? 저도 책을 빌리러 도서관에 가는 길이에요. 같이 가요.

나나 네. 그런데 태오 씨, 우체국이 어디에 있는지 알아요? 소포를 부쳐야 하는데 우체국이 어디에 있는지 모르겠어요.

태오 도서관에서 나와서 왼쪽으로 가세요. 왼쪽으로 쭉 가다가 은행이 나오면 은행 옆 길로 가세요. 바로 보일 거예요.

나나 고마워요.

意義

● 表示動作暫時中斷改做其他動作或狀態改變。

泰吾 娜娜，你要去哪？

娜娜 我要去圖書館。昨天寫作業寫到一半睡著了，作業沒寫完。所以我正要去寫作業。

泰吾 是喔？我正好也要去圖書館借書，一起去吧。

娜娜 好。不過，泰吾，你知道郵局在哪裡嗎？我得去寄包裹，可是我不知道郵局在哪。

泰吾 從圖書館出來之後左轉。左轉後直直走會看到銀行，然後走銀行旁邊那條路，就會看到了。

娜娜 謝謝。

其他例句

어제 텔레비전을 보다가 잤다.
我昨天看電視中睡著了。

이쪽으로 가다가 왼쪽으로 가세요.
往這個方向走,然後左轉。

학교에 오다가 나나 씨를 만났어요.
來學校的途中遇到娜娜。

계속 서울에서 살다가 지난주에 부산으로 이사했어요.
我一直住在首爾,然後上個星期搬到釜山了。

공부하다가 모르는 것이 있어서 친구에게 전화했어요.
讀書中有不懂的地方,就打給朋友。

❗ 注意事項

Q 請看上方例句,思考使用這個表現時該注意哪些地方。然後閱讀下列句子,並圈選正確答案。(解答參考P.284)

1) 「-다가」前面(可以/不可以)接形容詞。
2) 「-다가」前面(可以/不可以)接表過去的「-았/었-」或表未來的「-겠」。
3) 「-다가」前後的主語大多(相同/不同)。

補充

● 「-다가」表示前事尚未完全結束，轉換成其他動作或狀態。其形態變化如下。

	-다가
가다	가다가
먹다	먹다가
부르다	부르다가
살다	살다가

● 「-다가」也可用於某件事情的原因或理由。常用於做某件事情的途中發生了不好的事情。此情況時不可接「-(으)세요」、「-(으)ㅂ시다」。

例 축구를 하다가 넘어져서 다쳤어요.
踢足球中跌倒受傷了。
버스를 타고 가다가 멀미를 했어요.
搭公車中暈車了。
수업 시간에 휴대 전화를 보다가 선생님께 혼났어요.
上課的時候看手機，結果被老師罵了。

文法練習

Q 請完成以下對話。

1) 밥을 먹다 / 전화를 받다

→ _____

2) 책을 읽다 / 자다

→ _____

3) 숙제를 하다 / 영화를 보다

→ _____

4) 집에 가다 / 친구를 만나다

→ _____

★ 注意事項（P.282）
1) 不可以　2) 不可以　3) 相同

★ 文法練習（P.284）
1) 밥을 먹다가 전화를 받았어요.　2) 책을 읽다가 자요.
3) 숙제를 하다가 영화를 봤어요.　4) 집에 가다가 친구를 만났어요.

02 動-았/었/였다(가)

中級

유라 왜 나갔다가 다시 들어와요?
케빈 숙제를 집에 놓고 가서요. 학교까지 갔다가 다시 왔어요.
유라 아이고, 힘들겠네요. 그런데 모자는 어디에 있어요?
　　　모자를 쓰고 가지 않았어요?
케빈 모자를 썼다가 안 어울리는 것 같아서 다시 벗었어요.

意義

● 用於表示動作全部完成後，轉做其他動作。

幼蘿　怎麼出去又回來了？
凱文　我把作業忘在家裡，都到學校了，又跑回來拿。
幼蘿　唉呦喂，想必很累。不過，你的帽子在哪？你不是戴帽子出門嗎？
凱文　我戴一戴覺得不太適合，又脫掉了。

1. 形態相似的文法　285

其他例句

셔츠를 입었다가 마음에 안 들어서 벗었어요.
我穿上襯衫之後覺得不滿意，就脫掉了。

컴퓨터가 안 될 때는 우선 껐다가 다시 켜 보세요.
電腦當機時，首先先關閉電源然後重新開啟看看。

문을 열었다가 공사 소리 때문에 시끄러워서 닫았어요.
把門打開，結果因為施工聲音太吵，又關上了。

자려고 누웠다가 숙제를 안 한 것이 생각나서 다시 일어났어요.
正想躺下來睡覺，突然想起作業還沒寫，又爬起來了。

좋아하는 마음을 고백하려고 편지를 썼다가 마음에 안 들어서 찢어 버렸다.
想要告白喜歡對方的心意而寫了信，可是覺得不滿意就撕掉了。

注意事項

Q 請看上方例句，思考使用這個表現時該注意哪些地方。然後閱讀下列句子，並圈選正確答案。（解答參考P.289）

1) 「-았/었다가」前面（可以／不可以）接形容詞。

2) 「-았/었다가」前後接的動詞意義上是（相似的／相反的）。

3) 「-았/었다가」前後的主語大多（相同／不同）。

補充

● 「-았/었다가」用於前面動詞的動作完全結束後，改換其他的動作。其形態變化如下。

	-았/었다가
가다	갔다가
입다	입었다가
쓰다	썼다가
사다	샀다가

● 「-았/었다가」前後主要使用意義相反的動詞。
가다↔오다／입다↔벗다／끄다↔켜다／
열다↔닫다／사다↔바구다。

● 「-았/었다가」可以只說「-았/었다」。
例 방학 때 고향에 갔다 왔어요.
放假時我回了一趟老家。

● 「-았/었다가」也可以用來表示偶發事件。用於表示發生與主語意圖目的不同的事時，通常搭配動詞「가다」、「오다」一起使用。
例 어제 명동에 친구를 만나러 갔다가 우연히 가수 미미 씨를 봤어요. 정말 예뻤어요.
我昨天到了明洞見朋友，偶然看見歌手美美，真的很漂亮。
여의도에 놀러 갔다가 공원에서 하는 공연을 우연히 봤어요.
我去汝怡島玩的時候，偶然看到在公園裡舉辦的公演。

1. 形態相似的文法　287

相似文法比較

	-다가	-았/었다가
意義	動作暫時中斷，改做其他動作，或狀態改變。 例 학교에 가다가 왔어요. （학교에 도착하지 않았음.） 去學校的路上來這裡。 （沒有到達學校）	動作全部完成後，轉換成其他動作。 例 학교에 갔다가 왔어요. （학교에 도착했음.） 到學校後來這裡。 （有到達學校）
注意	「-다가」的後面接哪種動詞都可以。 例 숙제를 하다가 잠이 들었어요. 寫著作業睡著了。	「-았/었다가」的後面主要接意義相反的動詞。 例 옷을 입었다가 벗었어요. 穿上衣服又脫掉了。

文法練習

Q 請用一句話連結下列句子。

1) 학교에 가다 / 숙제를 놓고 오다 / 다시 집에 가다

→ _____

2) 모자를 쓰다 / 안 어울리다 / 벗다

→ _____

3) 창문을 열다 / 시끄러운 소리가 들리다 / 닫다

→ _____

4) 구두를 신다 / 불편하다 / 운동화로 갈아 신다

→ _____

解答

★ 注意事項（P.286）
1) 不可以　2) 相反的　3) 相同

★ 文法練習（P.289）
1) 학교에 갔다가 숙제를 놓고 와서 다시 집에 갔다.
2) 모자를 썼다가 안 어울려서 벗었어요.
3) 창문을 열었다가 시끄러운 소리가 들려서 닫았다.
4) 구두를 신었다가 불편해서 운동화로 갈아 신었어요.

1. 形態相似的文法　289

03 動-아/어/여다(가)

中級

유라　여보세요. 오빠, 집에 언제 들어갈 거야?
오빠　지금 가고 있어.
유라　그럼 미안하지만 들어갈 때 세탁소에 들를 수 있어? 어제 맡긴 옷을 좀 찾아 오면 좋을 것 같아. 갑자기 일이 생겨서.
오빠　그래, **찾아다** 줄게. 또 뭐 필요한 거 없어?
유라　우유도 좀 **사다** 줄래?
오빠　그래, 알겠어.

意義

● 用來表示順序，意味著一個動作結束之後，接著下一個動作。

幼蘿　喂，哥，你什麼時候回家？
哥哥　現在正在路上。
幼蘿　那，不好意思，你回家的路上可以幫我繞去洗衣店嗎？你可不可以幫我去拿昨天送洗的衣服？我突然有事情。
哥哥　好，我去幫你拿。還需要什麼？
幼蘿　能幫我買一下牛奶嗎？
哥哥　好，知道了。

其他例句

친구가 도시락을 싸다가 주었어요.
朋友帶便當給我。

도서관에서 책을 빌려다가 보세요.
請去圖書館借書看。

친구 어머님을 댁까지 모셔다가 드렸어요.
我送朋友的母親回家。

아이스크림 사다 놓았어. 냉장고에서 꺼내다 먹어.
我買了冰淇淋起來放，從冰箱裡拿出來吃。

집에 밥이 없어서 편의점에서 라면을 사다가 집에서 끓여 먹었어요.
家裡沒有飯，所以我去便利商店買泡麵回家煮來吃。

❗ 注意事項

Q 請看上方例句，思考使用這個表現時該注意哪些地方。然後閱讀下列句子，並圈選正確答案。（解答參考P.294）

1) 「-아／어／여다가」前面（可以／不可以）接形容詞。

2) 「-아／어／여다가」（可以／不可以）寫成「-아／어／여다」。

3) 「-아／어／여다가」前面（可以／不可以）接表過去的「-았／었-」或表未來的「-겠」。

4) 「-아／어／여다가」（可以／不可以）跟「-(으)세요」、「-(으)ㅂ시다」等表現一起使用。

1. 形態相似的文法　291

補充

● 「-아/어/여다가」表此前事完成後，後事接著依序完成。主要用於做了某件事之後，帶著其結果產生之物前往另一場所而做後面的事。此時，前後主語經常相同。

> 例 도서관에서 만화책을 빌려다가 집에서 봤다.
> 我在圖書館借漫畫回家看。

● 形態變化如下。

	-아/어/여 다가
사다	사다가
빌리다	빌려다가
찾다	찾아다가
모시다	모셔다가

● 「-아/어/여다가」的前後不使用「가다」、「오다」。主要用於須目的語的動詞。

> 例 책을 빌려다가 가세요. (X)
> 도서관에 가다가 주세요. (X)

● 常使用「-아/어/여다가 주다」。

> 例 은행에서 돈을 찾아다가 주세요.
> 請幫我去銀行取錢。
> 할아버지를 공항에 모셔다가 드려요.
> 陪爺爺去機場。

相似文法比較

	-다가	-아/어/여다가
意義	動作暫時中斷，改做其他動作或狀態變換。 例 편의점에서 주스를 사다가 전화가 와서 전화를 받았어요. 我在便利商店買果汁，結果有人打電話給我，就接電話了。	順序，一個動作結束之後，接著下一個動作。 例 편의점에서 주스를 사다가 집에서 마셨어요. 我在便利商店買果汁，然後回家喝。 用於一個人持有相同物品，然後移動到另一個場所做某件事情。
注意	〔須注意形態變化〕 사다가, 빌리다가, 찾다가, 가다가, 먹다가, 숙제하다가	〔須注意形態變化〕 사다가, 빌려다가, 찾아다가, 모셔다가

1. 形態相似的文法　293

文法練習

Q　　　請完成以下對話。

1) 가: 배가 고파요.

   나: 그래요? 그럼 _____

   　　　　　　　　　　　　　　　　　　　(떡볶이를 사다 / 먹다)

2) 가: _____

   　　　　　　　　　　　　　　　(친구가 김밥을 만들다 / 주다)

   나: 그래요? 좋겠네요.

3) 가: _____

   　　　　　　　　　　　　　　(할아버지를 병원에 모시다 / 드리다)

   나: 네, 알겠습니다.

4) 가: 윤오야, _____

   　　　　　　　　　　　　　　(냉장고에서 아이스크림을 꺼내다 / 먹다)

   나: 네, 알겠어요.

解答

★ 注意事項（P.291）
1) 不可以　2) 可以　3) 不可以　4) 可以

★ 文法練習（P.294）
1) 떡볶이를 사다가 먹을까요?
2) 친구가 김밥을 만들어다가 주었어요.
3) 할아버지를 병원에 모셔다가 드리세요.
4) 냉장고에서 아이스크림을 꺼내다가 먹어.

04 動-는데, 形-(으)ㄴ데 / 名인데

初級

나나　이 사람이 누구예요?
윤오　**핑크핑크인데** 한국에서 요즘 인기를 얻고 있는 아이돌 그룹이에요.
나나　그래요? 처음 들었어요.
윤오　이건 이 그룹의 **노래인데** 들어볼래요?
나나　네, 좋아요.

나나　노래가 좋네요. 따라 부르기 쉬운데요?
윤오　그렇죠? 그래서 요즘 인기가 많아지고 있어요. 아! 내일 학교 축제 공연에 핑크핑크가 **오는데** 같이 보러 갈래요?
나나　좋아요.

意義

● 用於為了表達後面的內容，而說明跟其相關的內容。

娜娜　這個人是誰？
允吾　是PINK PINK，最近在韓國很紅的偶像團體。
娜娜　是喔？我第一次聽到。／沒聽過。
允吾　這是這個團體的歌，要聽聽看嗎？
娜娜　嗯，好啊。

娜娜　歌曲滿好聽的，很容易跟著唱。
允吾　是吧？所以他們最近越來越紅。啊！明天PINK PINK會來學校慶典，要一起去看嗎？
娜娜　好啊。

1. 形態相似的文法　295

其他例句

이 사람은 **유라 씨인데** 한국에서 유명한 가수예요.
這個人是幼蘿,在韓國是知名歌手。

어제 명동에 **갔는데** 가수 유라 씨를 봤어요.
我昨天去了明洞,看到歌手幼蘿。

날씨가 **좋은데** 산책하러 갈까요?
天氣不錯,要不要去散步?

비가 오고 바람이 많이 **부는데** 등산 가지 마세요.
風大雨大的,請別去爬山。

제 동생은 키가 **큰데** 저는 키가 작아요.
我弟弟個子高,但我個子矮。

나나 씨는 한국어 말하기는 **잘하는데** 쓰기는 잘 못해요.
娜娜的韓語口說很流利,但寫作很差。

❗ 注意事項

Q 請看上方例句,思考使用這個表現時該注意哪些地方。然後閱讀下列句子,並圈選正確答案。(解答參考P.298)

1)「-(으)ㄴ/는데」前面(可以/不可以)接形容詞。

2)「-(으)ㄴ/는데」前面(可以/不可以)接表過去的「-았/었-」。

3)「-(으)ㄴ/는데」後面(可以/不可以)接「-(으)세요」、「-(으)ㅂ시다」。

補充

● 「-(으)ㄴ/는데」主要用於為了提議後面之事而說明，或是說明跟後內容相反的內容時。當話者說明前事或理由時，其後主要是表命令、建議的「-(으)세요」、「-(으)ㅂ시다」。

例 어제 명동에 갔는데 사람이 많았어요. (설명)
我昨天去明洞，人好多。（說明）
저는 떡볶이를 좋아하는데 동생은 싫어해요. (반대)
我喜歡辣炒年糕，不過弟弟不喜歡。（相反）
저 식당 떡볶이가 맛있는데 같이 먹으러 가요. (제안)
那家餐廳辣炒年糕很好吃，我們一起去吃吧。（建議）

● 形態變化如下。

	-는데		-(으)ㄴ데
가다	가는데	많다	많은데
먹다	먹는데	바쁘다	바쁜데
공부하다	공부하는데	재미있다	재미있는데
듣다	듣는데	어렵다	어려운데
짓다	짓는데	멀다	먼데
부르다	부르는데	하얗다	하얀데
놀다	노는데		

文法練習

Q 請從下列句子中找出錯誤的地方，並改為正確的句子。

1) 저는 내일 바쁘는데 모레 만납시다.

2) 저는 학교에 간데 동생은 안 갔어요.

3) 나나 씨는 한국에 산데 부모님은 미국에 사세요.

4) 집에서 학교까지 멀은데 버스를 타고 갑시다.

★ 注意事項（P.296）
1) 可以　2) 可以　3) 可以

★ 文法練習（P.298）
1) 바쁘는데 → 바쁜데　　　2) 간데 → 갔는데
3) 산데 → 사는데　　　　　4) 멀은데 → 먼데

05 動-는데도 / 形-(은)ㄴ데도 / 名인데도

케빈　이번 시험 잘 봤어요? 저는 열심히 공부하는데도 시험 점수가 잘 안 나와요.

유라　저도요. 그래서 윤오 씨를 보면 부러워요. 윤오 씨는 매일 노는데도 시험을 잘 보는 것 같아요.

케빈　아니에요. 윤오 씨가 얼마나 공부를 열심히 하는데요.

유라　그래요? 매일 노는 줄 알았는데 아니었군요.

케빈　네. 노는 것 같지만 매일 밤새도록 열심히 공부한대요.

유라　저도 열심히 공부해야겠어요.

意義

● 用於表示與前狀況無關，後面的狀況卻發生了。

凱文　你這次考試有考好嗎？我很努力念書了，但考試成績不好。

幼蘿　我也是，所以我看到允吾好羨慕他。允吾每天玩樂考試還是考得很好。

凱文　哪有，允吾不曉得讀得多認真呢。

幼蘿　是嗎？我還以為他每天都在玩，原來不是啊。

凱文　是啊，他雖然好像都在玩，但聽說每天都熬夜讀書。

幼蘿　我也得認真念書才行。

其他例句

많이 안 먹는데도 살이 쪄요.
我沒吃很多卻變胖了。

아침에 시간이 없는데도 밥을 꼭 먹어요.
早上即使沒時間,也一定要吃飯。

유라 씨는 집이 먼데도 학교에 항상 일찍 와요.
幼蘿家裡很遠,卻常早到學校。

그 사람은 가수인데도 노래를 잘 못하는 것 같아요.
他雖然是歌手,卻好像不太會唱歌。

매일 열심히 연습하는데도 한국어 실력이 안 늘어요.
每天即使認真練習,韓語實力卻沒有進步。

아침에 밥을 먹었는데도 배가 고파요.
早上吃了飯,肚子卻餓了。

열심히 공부했는데도 시험을 잘 못 봤어요.
認真念書了,卻考不好。

시험이 어려웠는데도 학생들이 시험을 잘 봤어요.
考試很難,學生們卻考得很好。

❗ 注意事項

Q 請看上方例句,思考使用這個表現時該注意哪些地方。然後閱讀下列句子,並圈選正確答案。(解答參考P.302)

1) 「-(으)ㄴ/는데도」前面(可以/不可以)接表過去的「-았/었-」。

2) 「-(으)ㄴ/는데도」前後主語(可以/不可以)不相同。

補充

- 「-(으)ㄴ/는데도」的前後狀況主要是相反的,一般來說,主要常用於表示與自己所想不一樣的相反結果。

- 「-(으)ㄴ/는데도」的形態變化如下。

	-는데도		-(으)ㄴ데도
가다	가는데도	많다	많은데도
먹다	먹는데도	바쁘다	바쁜데도
공부하다	공부하는데도	재미있다	재미있는데도
듣다	듣는데도	어렵다	어려운데도
짓다	짓는데도	멀다	먼데도
부르다	부르는데도	하얗다	하얀데도
놀다	노는데도		

- 也使用「-(으)ㄴ/는데도 불구하고」以表示「後內容與前內容提及可期待之事物不同、相反的事實」。可用於強調「-(으)ㄴ/는데도」的情境。

  例 바쁜데도 불구하고 모임에 참석해 주셔서 감사합니다.
  感謝各位百忙之中撥冗參加聚會。
  비가 오는데도 불구하고 이 자리에 와 주셨네요.
  即使下雨各位依然蒞臨。

相似文法比較

	-(으)ㄴ/는데	-(으)ㄴ/는데도
意義	・為了說後面的話,先說明相關情況。 ・為了建議、命令後面的話,而提相關理由。 例 눈이 많이 오는데 같이 놀러 갈까요? 下了好多雪,要不要一起去玩?	・表示後發生與前狀況無關的情況。 例 눈이 많이 오는데도 사람들이 밖에 많이 나왔어요. 即使下了很多雪,還是有很多人出來外面。

文法練習

Q 請完成下列句子。

1) 나나 씨는 매일 노는데도 _____.

2) 저는 매일 운동하는데도 _____.

3) _____ 발음이 안 고쳐져요.

4) 마이클 씨는 _____ 항상 지각해요.

解答

★ 注意事項（P.300）
1) 可以　　2) 可以

★ 文法練習（P.302）
1) 시험을 잘 봐요　　　　　　2) 살이 안 빠져요
3) 열심히 연습하는데도　　　4) 회사 근처에 사는데도

06 動-는 길에

태오 이 빵 맛있네요. 어디에서 샀어요?

유라 학교에 **오는 길에** 빵집에 들러서 샀어요. 맛집으로 인터넷에 나온 집이에요.

태오 그래요? 학교 근처에 그런 곳이 있는 줄 몰랐어요. 저도 이따가 집에 **가는 길에** 가봐야겠어요.

意義

- 「-는 길에」表示正在做前面這件事情，或事途中做其他事情。

泰吾 這麵包真好吃，你在哪裡買的？

幼蘿 上學途中繞進麵包店買的。是一家網路知名美食麵包店。

泰吾 是喔？我都不曉得學校附近有那種地方。我待會回家路上也要去看看。

其他例句

나가는 길에 이 쓰레기 좀 버려 줄래?
你出去的時候可以幫我丟一下這包垃圾嗎?

지금 친구를 만나러 **나가는 길**이에요.
我現在正要去見朋友。

집에 **들어오는 길에** 우유를 사 왔어요.
回家的路上去買了牛奶。

퇴근하는 길에 세탁소에 가서 옷을 찾아오세요.
下班回來的時候請去洗衣店幫我拿送洗的衣服。

집에 **가는 길에** 친구 집에 들러서 노트북을 빌리려고 해요.
我想回家的路上去一趟朋友家,跟他借筆記型電腦。

注意事項

Q 請看上方例句,思考使用這個表現時該注意哪些地方。然後閱讀下列句子,並圈選正確答案。(解答參考P.306)

1) 「-는 길에」前面(可以/不可以)接形容詞。
2) 「-는 길에」前面(可以/不可以)接表過去的「-았/었-」或表未來的「-겠」。
3) 「-는 길에」前後的主語大多(相同/不同)。

補充

- 「-는 길에」表示前事是目的，在做那件事的途中做另外一件事。

- 「-는 길에」與「가다」、「오다」、「돌아가다」、「나오다」、「퇴근하다」等移動動詞一起使用，其形態變化如下。

	-는 길에
가다	가는 길에
오다	오는 길에
나오다	나오는 길에
퇴근하다	퇴근하는 길에

- 「-는 길에」也可以使用「-는 길이에요」的形態。

  例 지금 퇴근하는 길이에요.
  現在正在下班的路上。
  집에 들어가는 길이야.
  現在正要回家。

文法練習

Q 請完成下列對話。

1) 가: 집에 _____ 편의점에 가서 우유 좀 사 올래요? (들어오다)

   나: 알겠어요.

2) 가: 오늘 유라 씨 봤어요?

   나: 네, 학교에 _____ 만났어요. (가다)

3) 가: 윤오 씨, 지금 어디예요?

   나: 지금 _____ (퇴근하다)

4) 가: _____ 은행에 좀 들러 줄래요?

   (나가다)

   나: 네. 뭐 하면 돼요?

★ 注意事項（P.304）
1) 不可以   2) 不可以   3) 相同

★ 文法練習（P.306）
1) 들어오는 길에   2) 가는 길에
3) 퇴근하는 길이에요.   4) 나가는 길에

07 動-는 김에

나나 태오 씨, 내일 출장을 간다고 들었어요. 어디로 가요?

태오 제주도로 가요. 제주도에는 5년 전에 가 보고 안 가 봤어요. 그래서 출장을 가는 것이지만 기대돼요.

나나 좋겠어요. 출장 잘 다녀오세요.

태오 네. 고마워요. 제주도에 가는 김에 구경도 조금 하려고 하는데 시간이 될지 모르겠어요.

나나 아! 그런데 남준 씨가 제주도에 사는 거 알고 있지요? 제주도에 가는 김에 연락 한번 해 보세요.

태오 그래요? 남준 씨하고 오랫동안 연락을 안 했는데 말 나온 김에 지금 연락해 봐야겠네요.

意義

● 「-는 김에」表示前事是目的，藉由做這件事的機會順道做「-는 김에」後面的事。

娜娜 泰吾，聽說你明天要出差。你要去哪裡？

泰吾 濟州島。我五年前去濟州島，然後就沒去過了。所以，雖然是去出差，但很期待。

娜娜 真好。祝你出差順利。

泰吾 是，謝謝。我去濟州島的時候想順便看一下風景，不曉得時間夠不夠。

娜娜 啊！不過，你知道南俊住在濟州島吧？你去濟州島的時候可以順便找他。

泰吾 是喔？我好久沒有跟他聯絡了，既然你提起了，我得聯繫他看看。

其他例句

이 볼펜 쓰세요. 제 거 사는 김에 하나 더 샀어요.
請用這支原子筆。我買的時候順便多買了一支。

유라 씨 잘 오셨어요. 오신 김에 같이 저녁 먹으러 갑시다.
幼蘿你來得正好,趁你來了,一起去吃晚餐吧。

우리 이따 영화 보러 나가는 김에 백화점에도 잠깐 들를까?
我們等等去看電影的時候,要不要順便去逛一下百貨公司?

제 도시락을 싸는 김에 윤오 씨 도시락도 쌌어요. 맛있게 드세요.
我做便當的時候順便也幫(允吾)你做了一個,請慢用。

이 카페 분위기 너무 좋네요. 우리 나온 김에 산책도 좀 하는 게 어때요?
這家咖啡廳的氣氛真好,趁著我們出來一趟,要不要去散散步?

❗ 注意事項

Q 請看上方例句,思考使用這個表現時該注意哪些地方。然後閱讀下列句子,並圈選正確答案。(解答參考P.310)

1) 「-는 김에」前面(可以/不可以)接形容詞。

2) 「-는 김에」前面(可以/不可以)接表過去的「-았/었-」或表未來的「-겠」。

補充

- 「-는 김에」表「做某件事情的機會」之意,「-는 김에」後所接的事是非計畫中之事的情況很多。

- 已經完成的狀況使用「-(으)ㄴ 김에」,與「가다」、「오다」、「나가다」、「나오다」等動詞一起使用。

  例 친구를 만나러 나갔는데 나간 김에 쇼핑도 했다.
  我去見朋友,趁著出去的機會順便逛街。

- 「-는 김에」的形態變化如下。

	-는 김에
가다	가는 김에
사다	사는 김에
만들다	만드는 김에
청소하다	청소하는 김에

相似文法比較

	-는 길에	-는 김에
意義	做某件事途中而改做其他事情。「-는 길에」前的事是目的,有「做那件事的途中改做其他事」的意思。	表示前事是目的,藉此事機會做「-는 김에」後之事。
注意	「-는 길에」前只能是移動動詞。 例 학교에 가는 길에 편의점에 들렀어요. 上學途中順道去便利商店。	「-는 김에」前可以是各種動詞。 例 제 것 준비하는 김에 윤오 씨 것도 같이 준비했어요. 準備我自己的份的時候,順便一起準備了允吾的份。

文法練習

Q 請用一句話連接下列句子。

1) 내 커피를 사다 / 유라 씨 것도 한 잔 사다

   → _____

2) 내 방을 청소하다 / 동생 방도 같이 청소하다

   → _____

3) 내 옷을 빨다 / 친구 옷도 빨다

   → _____

4) 친구를 만났다 / 같이 쇼핑하다

   → _____

解答

★ 注意事項（P.308）
1) 不可以　2) 不可以

★ 文法練習（P.310）
1) 내 커피를 사는 김에 유라 씨 것도 한 잔 샀어요.
2) 내 방을 청소하는 김에 동생 방도 같이 청소하려고요.
3) 내 옷을 빠는 김에 친구 옷도 빨았어요.
4) 친구를 만난 김에 같이 쇼핑했어요.

08 動形-더니 / 名(이)더니

태오 어제는 따뜻하더니 오늘은 쌀쌀하네요.

나나 네. 그러네요. 아침에는 비도 왔어요. 비가 오더니 지금은 맑아졌어요. 날씨가 이상하네요. 너무 쌀쌀해서 그런지 배가 아파요.

태오 혹시 아까 김밥을 급하게 먹더니 체한 거 아니에요? 빨리 병원에 가요. 얼굴이 안 좋아 보여요.

意義

● 主要用於表示與過去經驗、事實等不同時，或發生與其相關的他事時。

泰吾　昨天很暖和，但今天涼涼的。

娜娜　嗯，就是說啊。早上還下雨，下雨後，現在放晴了。天氣真奇怪。不曉得是不是天氣太涼，肚子有點脹。

泰吾　你會不會是剛剛紫菜飯捲吃太快，積食了？快去醫院吧，你臉色看起來不太好。

其他例句

나나 씨가 어제는 많이 아파 보이더니 오늘은 괜찮은 것 같아요.
娜娜昨天看起來很不舒服，今天似乎沒事了。

제이슨은 어렸을 때 키가 작더니 지금은 농구선수처럼 크네요.
傑森小時候矮矮的，現在高得像個籃球選手。

10년 전에는 이 마을에 건물이 별로 없더니 지금은 건물이 많아졌네요.
十年前這個村子幾乎沒有什麼建築物，現在建築物變多了。

나나 씨는 어머니의 편지를 읽더니 울었어요.
娜娜讀了母親的信，哭了。

윤오 씨가 열심히 공부하더니 시험에 합격했어요.
允吾認真讀書，考試合格了。

유라는 어렸을 때부터 노래 부르는 것을 좋아하더니 가수가 되었어요.
幼蘿從小就喜歡唱歌，如今成了歌手。

注意事項

Q 請看上方例句，思考使用這個表現時該注意哪些地方。然後閱讀下列句子，並圈選正確答案。（解答參考P.314）

1) 「-더니」前面（可以／不可以）接形容詞。
2) 「-더니」前面的主語（可以／不可以）用「나」。

補充

- 「-더니」用於表示過去的狀況與現在的狀況發生變化時,描述該變化。
  - 例 어제는 비가 오더니 오늘은 날씨가 맑아요.
    昨天下雨,今天天氣晴朗。

- 「-더니」用於表示做了前面的事情,而致有了後面的結果。
  - 例 윤오 씨가 열심히 공부하더니 장학금을 받았어요.
    允吾認真讀書,而得了獎學金。

- 用於話者必須觀察並了解「-더니」前後之事的情況。

- 主語大部分是第二、第三人稱,前後內容的主語經常相同。
  - 例 윤오 씨가 열심히 공부하더니 (윤오 씨가) 장학금을 받았어요.
    允吾認真讀書,(允吾)而得了獎學金。

- 「-더니」的形態變化如下。

	-더니		-더니
가다	가더니	많다	많더니
먹다	먹더니	바쁘다	바쁘더니
공부하다	공부하더니	재미있다	재미있더니
듣다	듣더니	어렵다	어렵더니
짓다	짓더니	멀다	멀더니
부르다	부르더니	하얗다	하얗더니
놀다	놀더니		

- 也可用於「緊接在過去事實或狀況之後,發生了某項事實或狀況時」。
  - 例 어머니께서 방에 들어오시더니 어제 무엇을 했는지 물으셨다.
    媽媽一進房間,就問我昨天做了什麼。
    하늘이 흐려지더니 비가 오기 시작했다
    天空變得陰陰的,然後就開始下雨了。

1. 形態相似的文法 313

文法練習

Q 請用一句話連接下列句子。

1) 10년 전에는 아무것도 없다 / 건물이 많이 생기다

   → _____

2) 유라는 어릴 때부터 똑똑하다 / 좋은 대학교에 합격하다

   → _____

3) 미미는 어렸을 때 귀엽다 / 지금은 별로 귀엽지 않다

   → _____

4) 태오 씨가 며칠 동안 밤늦게까지 일하다 / 쓰러지다

   → _____

★ 注意事項（P.312）
1) 可以　2) 不可以

★ 文法練習（P.314）
1) 10년 전에는 아무것도 없더니 건물이 많이 생겼어요.
2) 유라는 어릴 때부터 똑똑하더니 좋은 대학교에 합격했어요.
3) 미미는 어렸을 때 귀엽더니 지금은 별로 귀엽지 않아요.
4) 태오 씨가 며칠 동안 밤늦게까지 일하더니 쓰러졌어요.

09　動-았/었/였더니

윤오　요즘 계속 밤늦게까지 **일했더니** 너무 피곤해.

유라　많이 바쁜가 봐.

윤오　응. 바빠서 여자 친구에게 연락을 못했어. **그랬더니** 여자 친구가 화를 많이 냈어. 여자 친구 화를 풀 수 있는 방법이 없을까?

유라　글쎄, 선물을 해 보는 게 어떨까? 나도 지난번에 남자 친구한테 실수를 한 적이 있었거든. 그런데 작은 선물을 사 주면서 사과를 **했더니** 남자 친구가 화를 풀었어. 이때 진심으로 말해야 해.

윤오　그래, 알겠어. 고마워.

意義

● 用於表示動作完成後產生的結果，或因而得知某項事。

允吾　最近一直工作到很晚，太累了。

幼蘿　看來你很忙。

允吾　嗯，太忙了都沒辦法聯絡女朋友。結果女朋友很生氣。你有讓我女朋友消氣的方法嗎？

幼蘿　這個嘛，送禮物怎麼樣？我上次也不小心對我男朋友犯錯，不過我買了一個小禮物送給他，然後跟他道歉，男朋友就消氣了。這個時候一定要真心認錯。

允吾　好，知道了。謝了。

其他例句

열심히 운동했더니 살이 빠졌어요.
認真運動,結果瘦了。

늦게까지 아르바이트를 했더니 너무 피곤해요.
打工到很晚,太累了。

요즘 밤마다 밥을 많이 먹었더니 살이 좀 쪘어요.
最近每天晚上吃很多飯,結果有點胖了。

동생에게 장난감을 사 주었더니 동생이 매우 기뻐했어요.
我送玩具給弟弟,弟弟非常開心。

어머니께 아무 말도 안 하고 늦게 갔더니 어머니께서 화를 많이 내셨다.
我沒跟母親說,很晚才回家,結果母親非常生氣。

도서관에 갔더니 문이 닫혀 있었다.
我去圖書館,結果圖書館沒開。

집에 들어갔더니 할머니께서 와 계셨다.
回家一看,發現奶奶來了。

❗注意事項

Q 請看上方例句,思考使用這個表現時該注意哪些地方。然後閱讀下列句子,並圈選正確答案。(解答參考P.318)

1) 「-았/었더니」前面(可以/不可以)接形容詞。

2) 「-았/었더니」前面主語大多是(我/其他人)。

3) 「-았/었더니」後面大多是(我/其他人)。

補充

- 用於做了「-았/었더니」前的事，因而導致出現後面的結果。「-았/었더니」後面可以用來表示「我的身體狀態」。

  例 며칠동안 밤을 새워 일했더니 너무 피곤하네요.
  連續好幾天熬夜工作，太累了。

- 「-았/었더니」也可用於表示結果時，或表示他人的反應時。

  例 열심히 공부했더니 어머니께서 기뻐하셨어요.
  我認真讀書，母親很高興。
  늦게 들어갔더니 아내가 화를 냈다.
  太晚回家，結果妻子生氣了。

- 「-았/었더니」也用於表示做了前面的事情之後，因而獲得新知的事實或經驗。

  例 집에 갔더니 꽃바구니가 와 있었다.
  回到家之後發現花籃送到了。
  병원에 갔더니 문이 닫혀 있었다.
  去到醫院發現醫院沒開。

- 「-았/었더니」前的主語多為第一人稱，「-았/었더니」後則常接第二人稱或第三人稱，前後主語不同的情況很多。

- 「-았/었더니」的形態變化如下。

	-았/었더니
가다	갔더니
먹다	먹었더니
공부하다	공부했더니
듣다	들었더니
짓다	지었더니
부르다	불렀더니
놀다	놀았더니

文法練習

Q 請用一句話連接下列句子。

1) 급하게 먹다 / 체한 것 같다

　→ _____

2) 약을 먹다 / 좋아지다

　→ _____

3) 백화점에 가다 / 구두를 싸게 팔다

　→ _____

4) 오랜만에 할머니께 전화를 드리다 / 할머니께서 기뻐하시다

　→ _____

解答

★ 注意事項（P.316）
1) 不可以　2) 我　3) 其他人

★ 文法練習（P.318）
1) 급하게 먹었더니 체한 것 같아요.
2) 약을 먹었더니 좋아졌어요.
3) 백화점에 갔더니 구두를 싸게 팔았어요.
4) 오랜만에 할머니께 전화를 드렸더니 할머니께서 기뻐하셨어요.

相似文法比較

	-더니	-았/었더니
意義	• 「-더니」用於當過去的狀況跟現在的狀況不一樣時，表示其變化。 • 「-더니」用於做了前事而出現後結果。 例 아침에는 비가 오더니 지금은 맑네요. 早上下雨，現在放晴了。 유라 씨가 어제는 기분이 안 좋더니 오늘은 기분이 아주 좋아요. 幼蘿昨天心情不好，今天看起來心情很好。	• 「-았/었더니」用於做了前事後，因而產生了後面的結果。沒有變化的意思。 例 늦게까지 아르바이트를 했더니 너무 피곤해요. 打工到很晚，太累了。 어제는 기분이 안 좋았더니 오늘은 기분이 아주 좋아요. (X)
注意	• 「-더니」前面的主語主要為第二、第三人稱。 例 윤오 씨는 어릴 때부터 노래를 좋아하더니 가수가 되었어요. 允吾從小就喜歡唱歌，如今成為歌手。 • 若表示結果意義時，「-더니」前後的主語要一致。 例 내 동생은 며칠 밤을 새우면서 일하더니 (내 동생은) 결국 병원에 입원했다. 我弟弟好幾天徹夜工作，結果（我弟弟）住院了。 • 「-더니」前後狀況談論的人，都必須是話者親自觀察後得知的事情。	• 「-았/었더니」前面的主語主要是第一人稱。 例 내가 큰 소리로 노래를 불렀더니 친구들이 조용히 하라고 했다. 我大聲唱歌，結果朋友們叫我安靜。 • 「-았/었더니」前後句子的主語大多不一樣。 例 (내가) 며칠 밥을 못 먹고 일만 했더니 어머니가 걱정하셨다. （我）好幾天沒能吃飯忙著工作，母親很擔心。 • 即使「-았/었더니」前面的事情不是話者親自觀察到的也可以。通常是話者的行動，所以沒有觀察的必要。

10 動-던 名　中級

태오　이상하네요.

유라　왜 그래요?

태오　아까 내가 **마시던** 커피가 없어졌어요. 그리고 내가 **읽던** 신문도 없고요.

유라　그거 다 마신 줄 알고 제가 버렸어요. 신문도 다 읽은 줄 알았어요.

태오　아직 다 안 마신 건데요. 어쩔 수 없지요.

유라　미안해요.

태오　아니에요. 괜찮아요.

意義

● 用於表示過去開始，但至今尚未結束的事。或過去經常做的事情。

泰吾　真奇怪。
幼蘿　怎麼了？
泰吾　我剛剛喝的咖啡不見了，而且我在看的報紙也不見了。
幼蘿　我以為你喝完了，就扔掉了。報紙我也以為你看完了。
泰吾　那個還沒喝完，算了。
幼蘿　對不起。
泰吾　不會，沒關係。

其他例句

하던 일을 끝내고 퇴근합시다.
把手上的事情做完我們就下班吧。

아까 하던 이야기가 뭐였지요?
你剛才說的話是什麼？／你剛剛說什麼來著？

제가 먹던 빵이 어디 갔는지 모르겠어요.
我剛在吃的麵包不曉得去哪了。

저는 어렸을 때부터 형이 입던 옷을 입었어요.
我從小就穿哥哥穿過的衣服。

이 식당은 제가 대학교에 다닐 때 자주 가던 식당이에요.
這家餐廳是我上大學的時候經常去的餐廳。

어머니께서 자주 부르시던 노래는 '고향의 봄'이라는 노래예요.
母親經常哼唱的歌曲是〈故鄉的春天〉。

❗ 注意事項

Q 請看上方例句，思考使用這個表現時該注意哪些地方。然後閱讀下列句子，並圈選正確答案。（解答參考P.323）

1) 「-던」後面總是接（名詞／動詞）。

2) 「-던」的意義與（過去／現在）有關。

1. 形態相似的文法　321

補充

● 「-던」用於說明後面的名詞，是由過去開始至今尚未結束的事，和過去經常做的事。「-던」有一邊回想一邊談的感覺。

● 「-던」的形態變化如下。

	-던 N
가다	가던 곳
먹다	먹던 빵
공부하다	공부하던 장소
듣다	듣던 노래
짓다	짓던 것
부르다	부르던 이름
놀다	놀던 친구

文法練習

Q 請從下方選出正確單字，並完成下列對話。

보기: 놀다　타다　쓰다　듣다

1) 가: 뭘 찾고 있어요?

   나: 아까 ＿＿＿＿＿＿＿＿＿ 볼펜이 안 보여서요.

2) 가: 자전거 새로 샀어요?

   나: 아니요. 언니가 ＿＿＿＿＿＿＿＿＿ 자전거예요.

3) 가: 유라 씨 어렸을 때 사진이에요? 이 사람은 누구예요?

   나: 어렸을 때 같이 ＿＿＿＿＿＿＿＿＿ 친구예요.

4) 가: 아! 이 노래! 고등학교 때 자주 ＿＿＿＿＿＿ 노래인데.

   나: 저도 알아요. 이 노래. 오랜만에 들으니까 정말 좋네요.

★ 注意事項（P.321）
1) 名詞　2) 過去

★ 文法練習（P.323）
1) 쓰던　2) 타던　3) 놀던　4) 듣던

11 動-았/었/였던 名 中級

윤오　내일이 친구 결혼식인데 뭘 입고 가야 할까?

유라　지난번 파티 때 **입었던** 남색 정장이 어때? 잘 어울렸는데.

윤오　그래? 그러면 그걸 입고 가야겠다. 신발은 뭘 신지?

유라　지난번에 **샀던** 신발이 있잖아. 그거 신으면 되지.

윤오　아! 그러네. 그거 신어야겠다.

意義

● 表示由過去開始，現在已完全結束的事。

允吾　　明天是朋友的結婚典禮，我得穿什麼去？
幼蘿　　上次派對那套藍色西裝怎麼樣？我覺得很適合你。
允吾　　是喔？那我得穿那套去才行。鞋子要穿什麼？
幼蘿　　你不是有一雙上次買的鞋子？穿那雙就行了。
允吾　　啊！對耶。我得穿那雙。

其他例句

작년에 여행 갔던 곳에 오늘 다시 갔다.
我今天再次去了去年旅行去過的地方。

지난주에 먹었던 김치찌개가 또 먹고 싶어.
我又想吃上個星期吃過的辛奇鍋。

어제 노래방에서 불렀던 노래 제목이 뭐야?
昨天我們在KTV唱過的歌，歌名是什麼？

지난주에 봤던 영화를 오늘 친구하고 또 봤어요.
我今天再次跟朋友看了上周看過的電影。

비행기에서 만났던 사람을 학교에서 다시 만났어. 정말 신기하지?
我在學校再次遇見飛機上遇見的人，真的很神奇對吧？

注意事項

Q 請看上方例句，思考使用這個表現時該注意哪些地方。然後閱讀下列句子，並圈選正確答案。（解答參考P.328）

1) 「-았/었던」後面總是接（名詞／動詞）。

2) 「-았/었던」的意義與（過去／現在）有關。

補充

- 「-았/었던」用於表示後面的名詞，是由過去開始，且已經結束的事。通常是過去發生過一次的事，或是沒有持續至今的事。有回想過去的事，同時敘述的感覺。

- 「-았/었던」的形態變化如下。

	-았/었던 N		-았/었던 N
가다	갔던 곳	짓다	지었던 것
먹다	먹었던 빵	부르다	불렀던 이름
공부하다	공부했던 장소	놀다	놀았던 친구
듣다	들었던 노래		

- 也可與形容詞結合使用，有回想過去而敘述的感覺。
  例 작고 귀여웠던 고양이가 이렇게 컸네.
  又小又可愛的貓咪長得這麼大了呀。
  어릴 때부터 똑똑했던 윤오는 지금도 반에서 1등을 해요.
  從小就很聰明的允吾現在也是班上的第一名。

- 具有持續性的動詞（살다、다니다等）即便替換使用「-던」，意義也沒有太大的差別。
  例 어렸을 때 살던 집이에요. / 어렸을 때 살았던 집이에요.
  這是我小時候住過的房子。

相似文法比較

	-던	-았/었던
意義	說明其後的名詞。有回想過去的事，同時敘述現在對過去事情想法的感覺。	
	敘述過去開始，至今尚未結束的事。以及過去經常做的事。 例 이거 내가 아까 마시던 물이야. 這是我剛才喝的水。 자주 먹던 빵이에요. 這是我經常吃的麵包。	敘述過去開始，且已經結束的事。 例 어제 들었던 노래 제목 좀 알려 주세요. 請告訴我昨天聽的那首歌的曲名。
		比起用來敘述過去經常做的事，更常用來表示過去曾做過一次的事情。 例 결혼식 때 입었던 드레스입니다. 這是我結婚時穿的洋裝。

1. 形態相似的文法　327

文法練習

Q 請找出下列句子錯誤的地方,並修正。

1) 어제 먹더니 케이크는 정말 맛있었어요.

2) 이 드레스는 결혼식 때 입던 옷이에요.

3) 지난번 모임 때 오던 친구는 누구예요?

4) 어제 회사 앞에서 만나던 사람은 유라 씨예요.

★ 注意事項(P.325)
1) 名詞　2) 過去

★ 文法練習(P.328)
1) 먹더니 → 먹었던　　　　2) 입던 → 입었던
3) 오던 → 왔던　　　　　　4) 만나던 → 만났던

12 動-(으)ㄹ까 하다

유라 케빈 씨는 방학 때 뭐 할 거예요?
케빈 아직 모르겠는데요. 그냥 부산에 **갈까 해요**.
유라 부산에요?
케빈 네, 그냥 바다가 보고 싶어서요.
유라 그래요? 방학에 친구들하고 바다를 보러 강릉에 **갈까 하는데** 같이 갈까요?
케빈 좋아요. 같이 가요.

意義

● 表示尚未確實定案的計畫或意圖。

幼蘿 凱文，你放假要做什麼？
凱文 還不知道。我只是想要不要去釜山。
幼蘿 釜山嗎？
凱文 是，只是想要去看海。
幼蘿 是喔？我在想放假的時候要不要跟朋友一起去江陵看海，要一起去嗎？
凱文 好啊，一起去。

其他例句

주말에 남대문 시장에 갈까 해요.
我想周末去南大門市場。

금요일에 영화를 볼까 하고 있어요.
我想周五去看電影。

방학 때 엄마하고 같이 여행할까 해요.
我想放假的時候跟媽媽一起去旅行。

내년 여름에 미국에 갈까 하는데 갈 수 있을지 모르겠어요.
我想明年暑假去美國，但不曉得能不能成行。

방학 때 친구를 만날까 했는데 친구가 바쁘다고 해서 그냥 쉬려고요.
本來想放假要跟朋友見面，但朋友說他很忙，於是我想休息就好。

注意事項

Q 請看上方例句，思考使用這個表現時該注意哪些地方。然後閱讀下列句子，並圈選正確答案。（解答參考P.332）

1) 「-(으)ㄹ까 하다」前面（可以／不可以）接表過去的「-았／었-」。

2) 「-(으)ㄹ까 하다」（可以／不可以）用「나」當作主語。

補充

- 表示尚未確定的計畫，或是話者輕微的意圖。
- 形態變化如下。

	-(으)ㄹ까 하다
가다	갈까 하다
먹다	먹을까 하다
공부하다	공부할까 하다
듣다	들을까 하다
짓다	지을까 하다
부르다	부를까 하다
팔다	팔까 하다

文法練習

Q 請從下方選出正確單字，並完成下列對話。

<보기>
팔다　그만두다　먹다　쇼핑하다

1) 가: 주말에 뭐 할 거예요?

　　나: 명동에서 _____

2) 가: 그 카메라 이제 안 써요?

　　나: 네, 카메라를 하나 더 선물 받아서 이건 그냥 _____

3) 가: 회사를 _____

　　나: 왜요? 무슨 일 있었어요?

4) 가: 이제 밥을 _____ -는데 같이 갈래요?

　　나: 네, 좋아요. 어디로 갈 거예요?

解答

★ 注意事項（P.330）
1) 不可以　　2) 可以

★ 文法練習（P.332）
1) 쇼핑할까 해요.　　2) 팔까 해요.　　3) 그만둘까 해요.　　4) 먹을까 하는데

13 動-(으)ㄹ까 말까 하다

中級

태오 밥 먹으러 안 가요?
유라 입맛이 없어서 **먹을까 말까** 생각 중이에요.
태오 입맛이 없어도 먹어야지요. 우리 맛있는 거 먹으러 가요.
유라 더워서 그런지 입맛이 없네요.
　　　그런데 태오 씨, 주말에 있는 모임에 갈 거예요?
태오 **갈까 말까** 하고 있어요. 할 일이 많아서요.

意義

● 表示猶豫要不要做某項行動。

泰吾　不去吃飯嗎？
幼蘿　我沒胃口，正在想要不要吃。
泰吾　沒胃口也得吃飯，我們去吃好吃的吧。
幼蘿　不曉得是不是因為天氣熱，沒胃口呢。不過，泰吾，你會去周末的聚會嗎？
泰吾　我還在考慮去不去，因為事情有點多。

1. 形態相似的文法　333

其他例句

약속이 있지만 너무 추워서 밖에 **나갈까 말까 고민 중이에요**.
雖然有約，但因為太冷了，我正在苦惱要不要出門。

새 컴퓨터를 사고 싶지만 돈이 없어서 **살까 말까 고민하고 있어요**.
雖然我想買新電腦，可是我沒有錢，所以我正在煩惱要不要買。

유라 씨에게 같이 영화 보러 가자고 **말할까 말까 망설이고 있어요**.
我正在猶豫要不要找幼蘿一起去看電影。

다이어트 중인데 배가 너무 고파서 이 케이크를 **먹을까 말까 하고 있어요**.
我正在減肥中，可是肚子太餓了，在猶豫要不要吃這塊蛋糕。

이번 동창회에 옛날 여자 친구가 온다고 해서 **참석할까 말까 생각 중이에요**.
聽說這次同學會，前女友也會參加，我正在思考要不要去。

注意事項

Q 請看上方例句，思考使用這個表現時該注意哪些地方。然後閱讀下列句子，並圈選正確答案。（解答參考 P.336）

1) 「-(으) ㄹ까 말까 하다」前面（可以／不可以）接表過去的「-았／었-」。

2) 「-(으) ㄹ까 말까 하다」（可以／不可以）用「나」當作主語。

3) 「-(으) ㄹ까 말까 하다」前面（可以／不可以）形容詞。

補充

- 表示猶豫是否要做某件事，通常用在要做跟不做各占50%的情形。

- 除了「-(으)ㄹ까 말까 하다」之外，經常使用「-(으)ㄹ까 말까 생각 중이다」、「생각하고 있다」、「고민 중이다」、「고민하고 있다」、「망설이고 있다」的形態。

- 形態變化如下。

	-(으)ㄹ까 말까 하다
가다	갈까 말까 하다
먹다	먹을까 말까 하다
공부하다	공부할까 말까 하다
듣다	들을까 말까 하다
짓다	지을까 말까 하다
부르다	부를까 말까 하다
팔다	팔까 말까 하다

相似文法比較

	-(으)ㄹ까 하다	-(으)ㄹ까 말까 하다
意義	表示尚未確定的計畫，或是話者輕微的意圖。	表示猶豫要不要做某件事。
注意	〔動詞〕-(으)ㄹ까 하다	〔動詞〕-(으)ㄹ까 말까 하다

1. 形態相似的文法　335

文法練習

Q 請從下方選出正確單字，並完成下列對話。

보기

전화하다　사다　나가다　가다

1) 가: 오늘 파티에 갈 거예요?

　　나: 일이 많아서 _____

2) 가: 외출한다고 하지 않았어요?

　　나: 네, 그런데 좀 귀찮아서 _____

3) 가: 왜 그 옷을 안 사요? 마음에 든다고 했잖아요.

　　나: 네, 마음에 드는데 좀 비싸서 _____

4) 가: 유라 씨한테 전화했어요?

　　나: 아니요. 아까 바쁘다고 해서 지금 _____

★ 注意事項（P.334）
1) 不可以　2) 可以　3) 不可以

★ 文法練習（P.336）
1) 갈까 말까 생각 중이에요.　　2) 나갈까 말까 하고 있어요.
3) 살까 말까 망설이고 있어요.　　4) 전화할까 말까 생각하고 있어요.

2 助詞

01 名은/는, 名이/가

02 名만, 名밖에, 名도

03 名(이)나, 名(이)라도

04 名조차, 名마저

01 名-은/는　名이/가

　　제주도에 '유라'라는 아이가 살았어요. 유라는 예쁘고 착한 아이였는데 오빠인 윤오와 함께 살았어요.
　　유라는 항상 열심히 공부했는데 윤오는 노래 부르는 것을 좋아했어요.
　　유라는 열심히 공부해서 의사가 되었어요. 윤오는 가수가 되었어요.

　　在濟州島有一個名叫「幼蘿」的孩子。幼蘿是漂亮、善良的孩子，跟哥哥允吾一起生活。
　　幼蘿總是認真讀書，允吾喜歡唱歌。幼蘿努力讀書成了醫師，允吾成了歌手。

	은/는	이/가
意義1	表示主題。 例 여의도 공원은 나나와 제가 처음 만난 곳이에요. 汝怡島公園是我跟娜娜初次相遇的地方。	表示做行動的人。 例 제가 요리를 할게요. 我來煮飯。
意義2	比較。 例 제 동생은 키가 큰데 저는 키가 작아요. 我弟弟個子高，我個子嬌小。	用於「되다」之前。 例 제 동생은 선생님이 되었어요. 我弟弟成了老師。
意義3	強調。 例 내일은 꼭 숙제를 가지고 올게요. 明天一定會把作業帶來。	

● 通常談論時如果第一次出現，經常使用이/가。
　例 윤오가 아직 집에 안 왔다. 윤오는 오늘 도서관에 갔다.
　　允吾還沒回家。允吾今天去圖書館了。

● 在自我介紹之類場合第一次提到時，常使用「은/는」，而「은/는」前面的內容則是主題。
　例 저는 권윤오라고 합니다.
　　我叫權允吾。

02　名만　名밖에　名도

　윤오 씨는 지난 방학에 제주도에 갔다 왔어요. 친구들이 모두 바빠서 윤오 씨만 제주도에 갔어요. 제주도에서 윤오 씨는 한라산도 구경하고 박물관도 갔어요. 삼겹살도 먹고 갈치구이도 먹었어요. 친구들은 방학 때 아르바이트 때문에 모두 바빴어요. 여행을 갔다 온 친구는 윤오 씨밖에 없었어요.

　允吾上次放假去了濟州島。朋友全都很忙，就只有允吾去了濟州島。允吾在濟州島遊覽漢拏山，還去了博物館。不僅吃了五花肉，還吃了烤帶魚。朋友們放假的時候因為打工全都很忙，去旅行的朋友就只有允吾而已。

	만	밖에	도
意義	其他人事物除外，限定某個人事物。	「除了那個」之意。 「밖에」後面接「안」、「없다」、「모르다」等否定形。	除了指已經存在的某樣人事物，還加上或包含其他人事物。
例句	• 가족 중에서 우리 형만 한국에 있어요. 家人之中只有我哥在韓國。 • 저만 그 비밀을 알아요. 只有我知道那個秘密。 • 유라 씨는 커피만 마셔요. 幼蘿只喝咖啡。	• 윤오 씨는 과일 중에서 사과밖에 안 먹어요. 所有的水果，允吾只吃蘋果。 • 유라 씨는 청바지밖에 안 입어요. 幼蘿只穿牛仔褲。 • 우리 반에는 중국사람이 한 명밖에 없어요. 我們班只有一名中國人。	• 가방 안에 연필도 있고, 책도 있어요. 書包裡面有鉛筆，也有書。 • 아침에 밥도 먹고 빵도 먹었어요. 早餐飯也吃，麵包也吃。

2. 助詞　341

03 名(이)나 / 名(이)라도

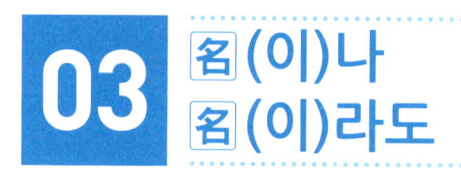

윤오　우리 출출한데 라면이나 끓여 먹을까?

나나　라면은 없는데, 밥도 없고…. 어떡하지?

윤오　그럼, 빵집에 가서 빵이라도 사다 먹자.

나나　그래. 그런데 나 돈이 없는데 혹시 오천 원 있어?

윤오　나도 삼천 원밖에 없는데….

나나　그래? 그럼 그거라도 줘 봐. 카드 결제가 안 되면 현금 내야 하니까 가지고 가 보려고.

允吾　有點餓，我們要不要煮泡麵來吃？
娜娜　泡麵沒，飯也沒……怎麼辦？
允吾　那，我們去麵包店買個麵包吃吧。
娜娜　好。可是我沒有錢，你有五千塊嗎？
允吾　我也只有三千塊……
娜娜　是喔？三千也好，給我吧。如果不能用信用卡結帳，就得付現金，我想帶現金去。

	(이)나	(이)라도
意義1	用於輕微建議時。 가: 심심한데 우리 영화나 보러 갈까? 　　有點無聊，要不要去看電影？ 나: 좋아. 　　好啊。	用於輕微建議時。 가: 우리 오랜만인데 차라도 한잔 하러가자. 　　我們好久沒見了，一起去喝杯茶吧。 나: 그래, 좋아. 　　嗯，好啊。
意義2	用於不是很滿意，但仍選擇之的場合。 가: 목이 마른데 물이나 한 잔 주실래요? 　　我口渴，可以給我一杯水嗎？ 나: 네, 여기 있어요. 　　好的，這裡。	表示雖然不是最好的選擇，但在眾多選項之中還可以，有最後選擇之意。 가: 냉장고에 우유밖에 없는데요. 　　冰箱裡就只有牛奶。 나: 그럼 우유라도 주세요. 　　那請給我牛奶。
意義3	也可以用於在兩者之中擇其一時。 우리 다음 주 토요일이나 일요일에 만나요. 我們下周六或周日見面吧。	

2. 助詞　343

04 名조차 / 名마저

　나에게는 친한 친구가 두 명 있다. 나나는 지금 고향에 있고 유노는 다음 달에 중국에 있는 회사로 일하러 간다. 그래서 오늘 유노를 만나기로 했다. 그런데 만나러 가는 길에 지갑을 잃어버렸다. 찾다가 약속 시간에 늦었다. 그래서 유노에게 전화를 하려고 했는데 휴대 전화마저 고장이 나 버렸다. 유노에게 사정을 이야기하니까 이해해 주었다. 역시 친구밖에 없다.

　그런 유노마저 떠나면 나 혼자 어떻게 하지? 정말 생각조차 하기 싫다.

　我有兩個要好的朋友。娜娜現在在老家，俞櫓下個月要去中國的公司工作。所以今天我決定今天跟俞櫓見面。不過，我去的時候錢包掉了。為了找錢包遲到了。所以想打電話給俞櫓，結果就連手機都壞了。我把情況跟俞櫓說，俞櫓體諒了我。果然朋友最好了。

　就連這麼好的俞櫓都要離開，我自己一個人該怎麼辦？真是想都不想想。

	조차	마저
意義	有包含最基本事項的程度之意。	在現在的狀態或程度下僅剩的最後一個。有「僅剩下最後一個」的程度之意。
例句	같이 일하기는 하지만 나는 그 사람의 이름조차 모른다. 雖然一起工作，但我連他的名字也不知道。 우리 어머니조차 내 생일을 잊어버리셨다. 就連我母親都忘了我的生日。	이번 달에 하나 남은 동생마저 유학을 가서 어머니께서 섭섭해하신다. 這個月就連剩下的唯一一個弟弟也要去留學，母親很失落。 교통사고로 부모님이 돌아가신 후 할머니마저 지난달에 돌아가셨다. 父母因為交通事故去世後，就連奶奶上個月也去世了。

2. 助詞 345

練習題參考翻譯

P.15
1)
가：你怎麼剪頭髮了？
나：因為太熱，所以就剪了。

2)
가：怎麼不再多吃一點？
나：剛剛東吃西吃，肚子飽了。

3)
가：你今天會來允吾的生日派對吧？
나：我突然有事，好像去不了。

4)
가：怎麼想搬家？
나：公司離家太遠了，所以想搬家。

P.19
1)
가：我們要搭地鐵去汝怡島嗎？
나：我們路不太熟，還是搭計程車去吧。

2)
가：喂？泰美，你現在方便講電話嗎？
나：抱歉，我現在在忙，晚點打給你。

3)
가：我們要不要去看電影？
나：好啊，不過明天考試就考完了，我們明天去吧。

4)
가：這周末要不要去百貨公司？
나：周末百貨公司人很多，平日去怎麼樣？

P.24
1) 因為在聽音樂，所以沒聽到朋友叫我。
2) 因為搬家的緣故，所以沒能休息。
3) 因為做蛋糕，所以沒準備其他的東西。
4) 因為在看漫畫，所以不知道時間過去了。

P.28
1) 因為突然有事情，所以聚會遲到了。
2) 因為部長來晚了，所以會議往後延。
3) 因為颱風，所以帽子被吹掉了。
4) 因為朋友突然跟我搭話，所以我沒聽到老師講什麼。

P.32
가：雨傘你怎麼帶著？
나：因為天氣變陰暗了下來，所以就帶了傘。

가：是冰淇淋耶。
나：是啊，因為幼蘿說想吃冰淇淋，所以我就買來了。

가：你怎麼買這麼多蘋果？
나：因為蘋果的價格太便宜了，所以買了很多。

가：那個人是誰？

나：不認識的人。他問我百貨公司在哪裡，我告訴他而已。

P.37
1) 因為下雪路面很滑，請小心。
2) 因為明天是國定假日，所以沒有課。
3) 因為風很大，請小心別造成自身損害。
4) 因為在這次比賽獲得優秀的成績，所以頒發這份獎狀。

P.41
1) 因為太忙，所以無法常常參加社團活動。
2) 因為睡晚了，所以沒能準備便當。
3) 因為對那項工作不熟悉，所以犯了很多錯。
4) 因為小小的疏失，那項工作全毀了。

P.45
1) 在混亂中跟家人失散了。
2) 因為坐在旁邊的人一直走動，所以沒辦法專心念書。
3) 因為科長跟部長兩人意見分歧吵架，所以會議無法進行。

P.49
가：你怎麼不吃飯？
나：我稍早吃了零食。

가：你為什麼沒寫作業？
나：我老家的朋友來找我。

가：你怎沒來允吾的生日派對？

나：因為突然有事情。

가：你怎麼會去百貨公司？
나：因為最近在打折。

P.53
가：會什麼時候開？
나：不是說好下午開嗎？

가：不回家嗎？
나：我今天有約會啊。

가：你沒帶傘嗎？
나：是，早上沒下雨啊。

가：今天人怎麼這麼多？
나：聖誕節嘛。

P.58
1) 那部電影恐怖又殘忍。
2) 那首歌歌詞簡單，而且很有趣。
3) 明洞人很多，很擁擠。
4) 允吾唱歌，幼蘿跳舞。

P.63
1) 地鐵不只速度快，而且很方便。
2) 允吾不僅長得帥，而且個性非常好。
3) 蜜雪兒不只韓語說得很流利，中文跟日語也很好。
4) 這套電腦軟體不只可以聽音樂，還可以看影片。

P.68
1) 我的房間狹窄，加上窗戶也很小，所以很悶。
2) 我朋友不僅個性好，長得也很漂

347

亮。
3) 允吾每天都運動,加上經常爬山,因此很健康。
4) 不只下雪,加上氣溫大幅下降,所以很冷。

P.72
1) 今天下很多雪,還颳風。
2) 每個人都期盼幸福過日子並生活快樂。
3) 看韓劇的人數量增加,對韓國文化感興趣的人也變多了。
4) 這是很受大家歡迎的場所,也是知名的電影拍攝地點。

P.76
1) 那朵花香味令人心怡,而且漂亮。
2) 娜娜話很少,也沒什麼表情。
3) 允吾書讀得好,運動也很在行。
4) 我不認得那張臉,名字也沒聽過。

P.80
1) 不僅天氣冷,而且還下雪。
2) 允吾不僅工作能力好,長得還很帥,所以很受歡迎。
3) 蜜雪兒因為宗教因素,不僅不能吃豬肉,也不能吃牛肉。
4) 那個地方景致美麗,而且位置佳,所以很多人去。

P.85
範例
가:你昨天做了什麼?
나:我去圖書館借書。

1)
가:你明天要做什麼?
나:我要去百貨公司買衣服。

2)
가:我們去餐廳吃飯吧。
나:嗯,好啊。

3)
가:允吾,你要去哪裡?
나:去明洞跟朋友見面。

4)
가:要不要去公園散步?
나:我工作有點多,抱歉。

P.90
1) 想要送給弟弟而買玩具了。
2) 為了學韓語所以來到韓國。
3) 為了聽韓語歌而學習韓語。
4) 畢業後為了就業而正在準備。

P.94
1)
가:請問您怎麼會想企劃這次的活動?
나:我想讓大家知道環境污染問題嚴重,而企劃了這次的活動。

2)
가:請問今天的演講主題是什麼?
나:今天要跟大家談談節約能源的議題。

3)
가:請問您最後想要再補充什麼嗎?

나：我一直都努力成為一個對所有事情盡心盡力的人，如果錄取我的話，我一定會竭盡我所能努力工作。

P.99
1) 幼蘿為練習跆拳道而去了學校。
2) 為了要畢業正在努力念書。
3) 為了做自己而要努力生活下去。
4) 為了聽韓文歌而學習韓語。

P.103
1)
가：你哥在讀書，小聲點別吵到他。
나：是，媽媽。

2)
가：請多多準備，讓會議可以順利進行。
나：是，我知道了。

3)
가：這房間要怎麼布置比較好？
나：布置成讓孩子們可以在房裡讀書的書房如何？

4)
가：我們正在努力練習，力求表演時不會出錯。
나：真了不起。

P.108
1)
가：允吾，你也擅長踢足球嗎？
나：沒有，我雖然籃球打得好，但我不會踢足球。

2)
가：你弟弟也常聽韓國流行歌曲嗎？
나：沒有，雖然我常常聽，但我弟弟不常聽。

3)
가：宿舍房間如何？大嗎？
나：沒有，不過房間雖然小，卻很乾淨。

4)
가：今天也會下雨嗎？
나：不會，昨天雖然有下雨，但今天是晴天。

P.112
1) 他很細心，不過他處理事情很慢。
2) 我姊姊話很少，但我屬於話比較多的那種。
3) 都市雖然便利設施做得很好，相對的空氣比較差。
4) 這份工作可以賺很多錢，可是幾乎沒有休閒時間。

P.116
1) 我朋友的經濟狀況不太好，不過他總是很努力生活。
2) 那個人不太適合穿西裝，不過很適合穿韓服。
3) 我努力準備了這次的面試，但結果不好。
4) 我聽了好幾次說明，但還是不理解。

P.121

1)
가：你周末通常做什麼？
나：通常做作業或是跟朋友見面。

2)
가：你心情不好的時候怎麼做？
나：我靜靜地聽音樂，或是跟朋友傾訴。

3)
가：你明天要幹嘛？
나：看電影或是去逛街買東西。

4)
가：我不太喜歡人多或是擁擠的地方。
나：那要去哪裡？

P.126

1)
가：作業要怎麼繳交？
나：可以選擇寄E-MAIL或是遞交紙本報告。

2)
가：我們周末要做什麼？
나：我們去打籃球或是散散步吧。

3)
가：晚餐要吃什麼？
나：辛奇鍋或是泡麵，我都可以。

4)
가：你不是叫我六點叫你嗎？愛起床不起床隨便你。
나：好，媽，我現在就起床。

P.131

1)
가：明天要穿什麼衣服？
나：輕鬆點，穿牛仔褲去就可以了。

2)
가：你穿著登山服呢？是要去爬山嗎？
나：是，我要去爬北漢山。

3)
가：你戴的這條項鍊真的好漂亮。
나：是啊，謝謝。這是別人送我的生日禮物。

4)
가：這是全家福嗎？這個人是誰？
나：穿著紅色鞋子的人嗎？是我妹妹。

P.136

1)
가：允吾最近在哪裡？
나：他最近有事，去釜山了。

2)
가：你的腳很痛嗎？
나：對，因為站了一整天。

3)
가：窗戶什麼時候打開的？
나：不知道，剛剛就開著了。

4)
가：奶奶，請坐這邊。
나：嗯，謝謝。

P.141

1)
가：朋友們説明天要來我家玩。
나：是喔？那我先把餐點準備好。

2)
가：辦護照之前應該先做什麼事情？
나：必須先拍大頭照。

3)
가：最近都會忘記要做的事情，真擔心。
나：那麼，請把要做的事情寫下來。

4)
가：幼蘿的電話號碼是010-5353-3737。
나：好，我把號碼存起來。

P.145

1)
가：養很久的小狗走丟了，怎麼辦？
나：請先從近處找起吧。

2)
가：託朋友的福，留學生活很愉快。
나：我也是，只要想到要跟這段時間一起生活的朋友分開，就覺得難過。

3)
가：我很好奇科學以後會怎麼發展。
나：是啊，聽説在天空飛行的汽車也問世了，以後會怎麼發展令人期待呢。

4)
가：你有聽到那個傳聞嗎？聽説歌手A某跟知名企業家在交往。
나：嗯，説兩人目前在了解彼此的階段。

P.149

1) 穿著牛仔褲游泳。
2) 作業沒寫完就去學校了。
3) 常常沒洗澡就睡覺了。
4) 開著窗戶就外出了。

P.155

1) 在百貨公司購物後回來了。
2) 跟朋友見面之後去圖書館。
3) 我寫完作業要玩。
4) 吃了飯就出去了。

P.159

1) 早上一起床就喝水。
2) 允吾一寫完作業就去朋友家了。
3) 一聽到那則故事就流眼淚了。
4) 幼蘿一看到我就出去了。

P.163

1) 到學校請馬上打給我。
2) 我一進辦公室就寄電子郵件給您。
3) 請工作完成後跟我聯繫。
4) 吃飽飯就出發吧。

P.167

1) 一把門打開，吵雜的聲音就傳進來。
2) 早上一睜開眼，就聞到很香的味道。

3) 我問允吾他人生中最重要的是什麼，他回答家人。
4) 我跟那個人說他看起來很健康，他就跟我說他最近開始運動了。

P.173
1) 我邊看電視邊吃麵包。
2) 我一邊做菜一邊聽音樂。
3) 一面喝杯咖啡一面休息一下。
4) 朋友喊著我的名字朝我跑過來。

P.178
1) 吃很多飯還是肚子餓。
2) 怎麼想都想不明白。
3) 即使每天學韓語，還是覺得難。
4) 再怎麼辛苦也不能放棄。

P.183
1)
가：我明天要回老家。
나：即使回去老家也要常聯絡喔。

2)
가：最近因為準備報告太累了。
나：即使累也必須堅持到最後。

3)
가：即使餓，也請再忍耐一下。
나：好，我會等的。

4)
가：明天聚會我可能會遲到。
나：即使晚到也請一定要來。

P.188
1) 如果很累，請跟我說。
2) 如果去濟州島，我一定要去漢拏山。
3) 假如我有100萬，我想要去歐洲旅行。
4) 如果認真讀書，考試就會及格。

P.193
1)
가：假如你的韓語像韓國人一樣流利，你想做什麼？
나：假如我的韓語能像韓國人一樣流利，我想當老師。

2)
가：假如你成為一個透明人，你想做什麼？
나：假如我是一個透明人，我會去看看我現在的女朋友在做什麼。

3)
가：假如你中彩券，你想做什麼？
나：假如我中彩券，我想環遊世界。

4)
가：假如可以回到過去，你想回去什麼時候？
나：假如可以回到過去，我想回到五年前。

P.197
1) 如果孩子哭了，請餵他喝奶。
2) 如果天氣晴朗，我們去散步吧。
3) 如果允吾來了，請把這本書給他。
4) 如果作業都寫完了，請跟我說。

P.202

1)
沒有認真念書,所以考試沒考好。
→假如我有認真念書,應該就會考得很好。

2)
沒有帶雨傘,所以淋雨了。
→假如我有帶傘,就不會淋雨了。

3)
允吾幫了我,所以事情做完了。
→假如沒有允吾幫忙,我的事情就做不完了。

4)
沒有提早出發,所以遲到了。
→假如我有提早出發,就不會遲到了。

P.206

1) 幼蘿只要看到新款式的包就想買。
2) 娜娜只要喝酒就會哭。
3) 最近好像只要吃東西就會胖。

P.210

1) 認真努力的話,就會成功的。
2) 每天吃辛奇的話,就會熟悉那個味道的。
3) 努力生活,好日子就會到來。
4) 認真工作的話,就會升職。

P.214

1) 再不吃飯會生病的。
2) 如果在昏暗的地方看手機,眼睛會壞掉的。
3) 每天顧著看電視的話,成績會下滑的。
4) 如果不聽父母的話只顧著玩,會後悔的。

P.218

1) 只要努力讀書就會成功的。
2) 只要不放棄,夢想就會實現的。
3) 如果不戒菸,健康就會惡化的。
4) 跟相愛的人在一起,就能克服困難。

P.225

1)
가:送洗衣店的衣服拿回來了嗎?
나:嗯,我掛在那裡。

2)
가:這是允吾你小時候的照片嗎?讓我看一下。
나:好,這邊。

3)
가:太陽很熱,最好可以讓孩子戴帽子。
나:好,我去拿頂帽子。

4)
가:已經八點了耶,老公,幫我叫幼蘿起床。
나:知道了。

P.229

1)
가:孩子只肯喝飲料,不肯吃飯,怎麼辦?

나：請不要讓他喝飲料。

2)
가：孩子晚上睡不著。
나：那麼，請讓他聽安靜的音樂。

3)
가：今天上課有什麼有趣的事情嗎？
나：因為同學大聲講話，所以老師叫同學唱歌。

4)
가：我得快點回家，因為我父母不讓我晚回家。
나：好，知道了。快回家去吧。

P.235
1)
가：那邊那棟建築物是什麼？
나：那是新蓋的建築，聽說是圖書館。

2)
가：聽說昨天六樓遭小偷，小偷抓到了嗎？
나：聽說還沒抓到。

3)
가：喂？電話老是斷線。
나：好像是因為在電梯裡面的關係吧。你稍等一下，很快就下去了。

4)
가：你有沒有聽到什麼聲音？
나：好像是允吾在唱歌。

P.240
1)
가：在韓國就業是我的夢想，這夢想終於成真了。
나：真的是恭喜你。

2)
가：這棟建築是什麼時候蓋好的？
나：聽說是1997年蓋好的。

3)
가：聽說娜娜成了電影演員。
나：真的？她念書的時候真的是個安靜的人，實在難以置信。

4)
가：你有找到房子了嗎？
나：房子找得比我想像中的順利。

P.246
1) 自己一個人住的話，好像會很孤單。
2) 這周還好，下周會很忙。
3) 今天很忙，好像無法跟你見面。
4) 麥克認真讀書了，這次考試會考得很好的。

P.250
1)
가：娜娜咳嗽咳得好嚴重。
나：就是說啊，她好像感冒了。

2)
가：幼蘿一直在唱歌呢。
나：是啊，似乎是有什麼好事情。

3)
가 : 你弟弟在哪裡？
나 : 在房間裡。看他這麼安靜，大概是在睡覺的樣子。

4)
가 : 大家都撐傘呢，好像下雨了。
나 : 我也得帶雨傘。

P.254
1) 允吾最近好像很累。
2) 幼蘿好像肚子痛。
3) 朋友今天好像很忙。
4) 泰吾好像去學校了。

P.259
1)
가 : 幼蘿，怎麼了嗎？你看起來很疲憊。
나 : 是啊。

2)
가 : 今天部長看起來心情不錯。
나 : 是啊，聽說昨天開會結果滿好的。

3)
가 : 這雙皮鞋怎麼樣？
나 : 很舒服，但看起來個子有點矮。

4)
가 : 我剪了瀏海，怎麼樣？
나 : 很可愛。而且看起來年很年輕。

P.263
1)
가 : 明天是允吾的生日，要準備派對嗎？
나 : 我來準備禮物，你幫忙買蛋糕吧。

2)
가 : 報告準備得順利嗎？
나 : 準備得很順利，我會認真的做，請替我加油。

3)
가 : 下午會下雨，請帶傘。
나 : 好，我知道了。謝謝。

4)
가 : 我下周要去泰國旅遊。
나 : 真好。天氣會很熱，請帶短褲去。

P.267
1)
가 : 我想要自己準備報告。
나 : 自己準備會很辛苦，一起做吧。

2)
가 : 我要再吃一支冰淇淋。
나 : 剛剛不是吃了一支了？吃太多的話會肚子痛，你可以嗎？

3)
가 : 我兒子每天玩電動玩太久，很擔心。
나 : 如果遊戲打太多成績會下滑的，令人擔心啊。

4)
가: 我出門也沒帶傘，結果突然下大雪。
나: 淋雪應該很冷，要不要給你一杯熱牛奶？

P.273
1)
가: 幼蘿在哪裡？
나: 她說突然有事就走了。

2)
가: 你去了美容院嗎？頭髮剪掉很多呢。
나: 是，就剪掉了。

3)
가: 你怎麼可以突然掛斷我電話？
나: 不是我掛斷的，因為是在電梯裡而斷掉的。

4)
가: 你新買的電腦怎樣了？
나: 很奇怪，老是故障，所以我就賣掉了。

P.277
1)
가: 跑步比賽比得順利嗎？
나: 我跑一跑結果跌倒了。

2)
가: 昨天的競賽結果如何？
나: 雖然努力了，但最終還是輸了。

3)
가: 你錢包是怎麼不見的？
나: 我拿在手上，走著走著就不見了。

4)
가: 你回老家還順利吧？
나: 是，我本來不想哭的，結果一看到媽媽的臉終於哭了。

P.284
1) 吃飯中途接了電話。
2) 書讀著讀著睡著了。
3) 寫作業中途看了電影。
4) 回家的路上遇到朋友。

P.289
1) 上學的途中想起來把作業放在家裡，所以又回家拿。
2) 本來戴著帽子，可是不適合我，所以就脫掉了。
3) 打開窗戶，傳來一陣吵雜聲音，就又關上了。
4) 穿著皮鞋，覺得不舒服，就換成運動鞋了。

P.294
1)
가: 肚子好餓。
나: 是喔？那要不要去買個辣炒年糕來吃？

2)
가: 朋友做了紫菜飯捲帶來給我吃。
나: 是喔？真好。

3)
가: 請帶爺爺去醫院。

나：好，我知道了。

4)
가：允吾，去冰箱挖冰淇淋吃。
나：好，知道了。

P.298
1) 我明天忙，後天見吧。
2) 我去了學校，但弟弟沒去。
3) 娜娜住在韓國，不過她的父母住在美國。
4) 家裡到學校很遠，我們搭公車去吧。

P.302
1) 娜娜每天都在玩，考試依然考得很好。
2) 我每天運動還是瘦不下來。
3) 即使我認真練習，發音還是矯正不過來。
4) 麥克住在公司附近卻常遲到。

P.306
1)
가：你回家的路上可以去便利商店幫我買牛奶嗎？
나：知道了。

2)
가：你今天有看到幼蘿嗎？
나：有，我上學途中有遇到她。

3)
가：允吾，你現在在哪裡？
나：我現在正在下班回家的路上。

4)
가：趁你出去的時候，可以幫我去一趟銀行嗎？
나：是，你要辦什麼呢？

P.310
1) 買我自己咖啡的時候順便買了幼蘿的。
2) 我打算趁打掃我房間的時候順便連弟弟的房間也掃一掃。
3) 洗我自己的衣服時，連朋友的衣服也順便洗了。
4) 遇到朋友，剛好一起逛街。

P.314
1) 十年前什麼都沒有，現在多了好多建築。
2) 幼蘿從小就很聰明，後來考上好大學。
3) 美美小時候很可愛，現在不怎麼可愛。
4) 泰吾連續幾天熬夜工作，結果昏倒了。

P.318
1) 吃得很急，好像反胃了。
2) 吃了藥之後好多了。
3) 去了百貨公司，發現皮鞋賣得很便宜。
4) 給久沒連絡的奶奶打了電話，奶奶很高興。

P.323
1)
가：你在找什麼？

나：我剛才在用的原子筆不見了。

2)
가：你買了新的腳踏車嗎？
나：沒有，這是我姊姊騎過的腳踏車。

3)
가：這是幼蘿你小時候的照片嗎？這個人是誰？
나：是小時候一起玩的朋友。

4)
가：啊！這首歌！這是我高中時經常聽的歌。
나：我也知道這首歌。好久沒聽到了，真開心。

P.328
1) 昨天吃的蛋糕真的很好吃。
2) 這件洋裝是結婚典禮時穿的衣服。
3) 上次聚會時來的那位朋友是誰？
4) 昨天在公司前面遇到的人是幼蘿。

P.332
1)
가：你周末要幹嘛？
나：我想要去明洞購物。

2)
가：你現在不用那台相機了嗎？
나：嗯，有人送了我一台相機，所以這台我想要賣掉。

3)
가：我想要辭職。
나：怎麼了？發生什麼事情了嗎？

4)
가：我現在要去吃飯，要一起去嗎？
나：嗯，好啊。你要去哪裡吃？

P.336
1)
가：你今天會去派對嗎？
나：工作很多，在考慮去不去。

2)
가：你不是說你要出門嗎？
나：是啊，可是覺得有點煩，我在想要不要出去。

3)
가：為什麼不買那件衣服？你不是說你喜歡？
나：嗯，我是喜歡，可是它有點貴，我正在考慮要不要買。

4)
가：你打給幼蘿了嗎？
나：沒有，她剛剛說她在忙，所以我在想要不要打給她。

語言學習NO.1

國際學村　LA PRESS 語研學院 Language Academy Press

學英語　ChatGPT時代的英文學習術

學韓語　我的第一本韓語文法 全新・高級篇

學日語　我的第一本日語文法練習本

第二外語　我的第一本西班牙語課本 QR碼行動學習版

考多益　新制多益 全新！TOEIC 聽力+閱讀 第一次考多益就高分 全方位指南

考日檢　N5-N1 新日檢慣用語大全

考韓檢　NEW TOPIK 新韓檢初級應考祕笈

考英檢　全民英檢 全新！GEPT 單字大全 Vocabulary

想獲得最新最快的語言學習情報嗎？

歡迎加入 國際學村&語研學院粉絲團

國家圖書館出版品預行編目（CIP）資料

新韓檢初-中級文法祕笈／金美淑著. -- 初版. -- 新北市：
國際學村, 2024.12
　面；　公分
ISBN 978-986-454-392-2（平裝）
1.CST: 韓語　2.CST: 語法　3.CST: 能力測驗

803.289　　　　　　　　　　　　　　　　113014322

國際學村

新韓檢初-中級文法祕笈

作　　　者／金美淑	編輯中心編輯長／伍峻宏・編輯／邱麗儒
審　　　定／楊人從	封面設計／何偉凱・內頁排版／菩薩蠻數位文化有限公司
翻　　　譯／蔡佳吟	製版・印刷・裝訂／東豪・弼聖・絃億・秉成

行企研發中心總監／陳冠蒨　　　線上學習中心總監／陳冠蒨
媒體公關組／陳柔彣　　　　　　企製開發組／江季珊、張哲剛
綜合業務組／何欣穎

發　行　人／江媛珍
法律顧問／第一國際法律事務所 余淑杏律師・北辰著作權事務所 蕭雄淋律師
出　　版／國際學村
發　　行／台灣廣廈有聲圖書有限公司
　　　　　地址：新北市235中和區中山路二段359巷7號2樓
　　　　　電話：（886）2-2225-5777・傳真：（886）2-2225-8052
讀者服務信箱／cs@booknews.com.tw

代理印務・全球總經銷／知遠文化事業有限公司
　　　　　地址：新北市222深坑區北深路三段155巷25號5樓
　　　　　電話：（886）2-2664-8800・傳真：（886）2-2664-8801
郵政劃撥／劃撥帳號：18836722
　　　　　劃撥戶名：知遠文化事業有限公司（※單次購書金額未達1000元，請另付70元郵資。）

■出版日期：2024年12月　　　ISBN：978-986-454-392-2
　　　　　　　　　　　　　　　版權所有，未經同意不得重製、轉載、翻印。

한국어 문법 이렇게 달라요
Copyright ©2023 by Kim Misuk
All rights reserved.
Original Korean edition published by SOTONG Publishing Co., Ltd.
Chinese(complex) Translation rights arranged with SOTONG Publishing Co., Ltd.
Chinese(complex) Translation Copyright ©2024 by Taiwan Mansion Publishing Co.,
Ltd. through M.J. Agency, in Taipei.